KB061520

잼씨는 냉장고

공저, 황인동 지음

잼있는 냉장고

초판 1쇄 발행 2020년 12월 11일

지 은 이 황인동
발 행 인 권선복
편   집 오동희
디 자 인 서보미
전 자 책 서보미
발 행 처 도서출판 행복에너지
출판등록 제315-2011-000035호
주   소 (07679) 서울특별시 강서구 화곡로 232
전   화 0505-613-6133
팩   스 0303-0799-1560
홈페이지 www.happybook.or.kr
이 메 일 ksbdata@daum.net

값 13,000원
ISBN 979-11-5602-855-0 (02810)

도서출판 행복에너지는 독자 여러분의 아이디어와 원고
투고를 기다립니다. 책으로 만들기를 원하는 콘텐츠가
있으신 분은 이메일이나 홈페이지를 통해 간단한 기획
서와 기획의도, 연락처 등을 보내주십시오. 행복에너지
의 문은 언제나 활짝 열려 있습니다.

잼있는 냉장고

공저, 황인동 지음

냉장고를 ^잘 뒤지면
2주 만에 아재개그
1·2·3급 취득할 수 있다!

행복에너지

이해를 돕기 위해

이 아재개그 유머집에 나오는 '김주사'는
저자의 닉네임입니다.
저는 1984년 1월 서울시 9급 공무원으로 들어와
37년 동안 공직생활을 했습니다.

'김주사'는 김주사닷컴이라는
공무원포털사이트를 만들어 운영하면서
얻게 되었습니다.

이 유머집에 수록된 일부 유머는 2002년 7월부터
김주사닷컴에 등록된 일반유머를
참고했습니다.

유머집 하단에 표시된 [출처]에
'인터넷'으로 되어 있는 것은
인터넷(카페, 블로그 등) 또는
김주사닷컴에서 발췌한 것이며,
'인터넷/수정'은 발췌한 자료를
일부 수정한 것입니다.
또한 '잼있는 냉장고'로 표시된 것은
제가 나름 만들어 본 것들입니다.

남을 웃기기 위한
5가지 조건

01 유머는 타이밍이다.

'지금부터 웃기겠습니다.'라고 하는 게 아니고
기회가 왔을 때 뚝하고 웃겨야 한다.

02 유머는 표정이다.

무표정으로 능청스럽게 해야 한다.

03 유머는 암기다.

시간 날 때마다 죽어라고 외워야 한다.

04 유머도 자격증을 따야 한다.

유머도 3급, 2급, 1급 자격증이 있다.
'문제천국'에서 누구나 자격을 취득할 수 있다.
(2021년 하반기 시행예정)

05 유머는 투자다.

약 1400개의 잼이 들어있는 『잼있는 냉장고』라는
유머책을 사서 봐라.

목차

1반유머

밥사, 술사, 웃자

밥 사주는 사람보다 술 사주는 사람이 좋고
술 사주는 사람보다 차 사주는 사람이 좋다.
차는 SUV나 전기차가 싸고 좋다.

오늘은 이 '양주사[*]'가
'양주'로 화끈하게 쏘겠습니다.
모두들 7시까지 '구로디지털단지역'
깔깔거리에 있는 '웃자싸롱'으로 오세요.
'잼있는 냉장고' 유머집 지참하면
평생 '노가리'안주 무료 제공합니다.
공자, 맹자, 춘자 스승이 '웃자'인건 아시죠?
모두들 웃지 않으면 평생 노가리까야합니다.

김주사는 지금도 웃고 있습니다.
유머집이 잘 팔려서~~~
푸하하하 ^^ ^^ ^^ 깔깔깔^^ ^^ ^^

[출처] 잼있는 냉장고

---

[*] 공무원 6급을 '주사'라고 합니다. 해서 성씨가 양씨인 경우는
'양주사'라고 하며 '소'씨인 경우는 '소주사'라고 부릅니다.

'김정은'이 서울에 못 온 이유?

첫째는 휴전선 넘자마자 포가 1000개나
되는 포천시가 있고

둘째는 골목골목마다 새로운 포차들이
즐비하며

셋째는 급기야 2017년 3월에는
핵(탄핵)을 보유하게 되었으며

넷째는 최후방에는 장성군이 있고

마지막으로는 포로 무장한 군포, 주포,
포항, 다대포항이 있어서라고 함.

[출처] 잼있는 냉장고

재미있는 말실수들

☞ 은행직원이 배가 많이 부른 임신부에게
"산달이 언제세요?"라고 물어봐야 하는데
"만기일이 언제예요?"…!!

☞ 아버지 생신날 음식이 차려진 걸 보면서
"엄마, 오늘 아빠 제사야?"…!!

☞ 미스터트롯을 보는데 밖에 비가 내리고
있었다.
남편이 "비 오는 날엔 막걸리에 파전이
최고인데…"라고 하자

마누라가 하는 말
"막걸리는 영탁이 최고제!"

[출처] 인터넷/수정

천생연분

노총각과 노처녀가 선을 보게 되었다.
말수 없던 두 사람은
멀뚱멀뚱 있다가 커피를 시키고는
남자가 먼저 입을 열었다.
"제 이름은 '철'입니다. 철이요…"
"성은 '전'이구요.
전철이 제 이름입니다."라고 했다.
그런데 갑자기 여자가 박장대소를 하며
뒤집어지는 게 아닌가.
남자는 민망한 듯 물었다.
"아니, 뭐가 그리 우스우세요?"

그러자 여자가 대답했다.

"우린 천생연분인 것 같아요.
제 이름은 '이호선'이거든요.
그리고 첫째 삼촌은 '구호선'이고요.
둘째 삼촌은 '장항선' 입니다."ㅋㅋㅋ

[출처] 인터넷/수정

빡빡 우기는 놈들

☞ 으악새[*]를 새라고 우기는 남자
☞ 억새를 새라고 우기는 남자

☞ 언니몇쌀[**]을 쌀 이름이 아니라고 우기는
　　남자
☞ 문주란은 가수 이름이지 풀이 아니라고
　　우긴 놈
☞ 진정란이 란이 아니라는 걸 진정 난 몰랐
　　다고 우긴 놈

[출처] 인터넷/수정

* '으악새'는 억새(풀)의 방언임
** 언니몇쌀은 참진미곡(주)에서 나온 쌀임

16

와이프의 충격적인 한마디

어느 날 밤 와이프가
누워있는 내 눈을 지그시 바라보며
조용히 속삭이듯 말했다.

"당신은 내게 로또 같은 사람이에요!"

"정말?"
"세상에나."
"내가 당신한테 그런 존재였어."
"감동이다."

"응~ 하나도 안 맞아…."

[출처] 인터넷 / 수정

전공불문

김주사와 사오정이 졸업을 앞두고
게시판에 붙은 취업공고를 보고 있었다.

많은 회사 공고문에 '전공불문'이라고
쓰여 있었다.
그러자 사오정이 한숨을 내쉬며
이렇게 말했다.

"에이! 이럴 줄 알았으면
 불문과에 가는 건데…."

그러자 영문과를 졸업한 김주사가 말했다.

"어떻게 전공을 불문만 뽑냐?"

[출처] 인터넷/수정

정말일까?

☞ 숙취 제거를 위해 해장국을 먹을 때
　들깨가루를 뿌리면 아주 해롭다고
　하는데 왜 그럴까?

　　"술이 들 깨서!"

☞ 단골식당에서 주인 아줌마가
　계란후라이에다
　이것저것 공짜로 갖다 줘 잘 먹고 나오다가
　카운터에 몇 개밖에 없는 박하사탕을
　집어 먹으며 김주사가 한 말은?

　　"인심은 후한데 사탕은 박하네!"

[출처] 인터넷/수정

치매의 원인

코로나19 전파원인이 정확히 밝혀지지 않는
상황에서, 치매의 원인이 밝혀졌다고 화제다.

그것도 한국의 애주가들에 의해서 말이다.

국내 주류협회의 최신연구에 의하면
치매의 원인은?

"치맥을 많이 먹으면,
시간이 지나 '기억(ㄱ)'이 떨어져
'치매'가 된다"고 밝혔다⋯.'

퇴직하면 뭐 할 건데?

김주사, 안주사, 양주사가
모처럼 만났는데 김주사 왈

"안주사 자네는 퇴직하면 뭐 할 건가?"
"나야 술장사나 해 볼까 하네만."

"그럼 양주사 자네는 뭐 할 건가?
자네도 양주사이니 술장사 할 건가?"
"나야 등산이 취미니까 산에나
다닐까 하네"라고 하면서 양주사 왈,

"김주사 자네도 산 좋아하지 않나?"
"나야 산 엄청 좋아하지.
거의 매일 산에 간다네."

"정말인가? 주로 어느 산에 가는데?"
"나야 집이 안산이니까
매일 안산으로 간다네~~"

[출처] 잼있는 냉장고

식당주문

우리 팀장님은 보신탕을 정말 좋아했다.
그래서 우리 팀원 5명은 보신탕을 먹으러 갔다.

김주사　　: 사장님 주문 받아야죠?
식당주인　: 몇 명이죠?

김주사　　: 5명인데요.
식당주인　: 다들 개죠?

김주사　　: 놀라서 엉겁결에 "네." 라고 하자
식당주인　: 주방에다 대고 "5명 다 개야."

[출처] 인터넷 / 수정

장작구이집

김주사가 길거리 플래카드를 보고는 하는 말

"저기 '장작구이집'이 보이는데~"

"장작구이 집은
장작으로 고기를 구워 주는가? 라고하자

모두들 "네"라고 했다.

김주사는 다시,

"그럼 오리구이집은 장작 대신 '오리'로
고기를 구워 주는지?"

라고 물었다.

그러자 "모두들 멍~~~했다."

[출처] 잼있는 냉장고

공무원 Q&A

☞ 공무원들이 가장 싫어하는 음식?

파김치(야근을 많이 해서)

☞ 공무원들이 가장 싫어하는 동물?

양(근무평정 시 최하등급임)

☞ 공무원들이 주로 먹는 술안주?

계장(계장(6급)을 씹기 위해서)

☞ 소씨가 7급에서 6급으로 진급을 하면
주로 사는 술은?

소주[*]

☞ 양씨가 7급에서 6급으로 진급을 하면
주로 사는 술은?

양주

[출처] 잼있는 냉장고

---

* 공무원 6급 직위를 '주사(보통 계장)'라고 함. 그래서 소씨는 '소
주사', 양씨는 '양주사', 맥씨는(맥아더 장군) '맥주사'라고 함.

남자는 여자의 3배 이상을
증명하는 방법

[정삼각형으로 증명하는 방법]

정삼각형의 총각의 합계는 180도이다.
각a, 각b, 각c의 각각은 60도다.

따라서 총각은 180이고 각시(c)는 60이다.
그래서 남자(총각)는 여자(각시)의 3배임.

※정사각형으로 증명하면 4배가 됨

[출처] 잼있는 냉장고

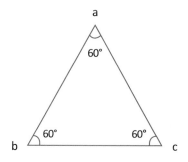

극장에 못 들어간 이유

1978년도 일이다.
우리 동네에는 아폴로극장이 있었는데
며칠 전에 극장(영화관)에 불이 났다.

소방서, 경찰서 등 관련 기관들이 모여
수차례 회의를 했으나 불이 난 원인을
찾을 수가 없었다.
그런데 며칠 전부터 동네에 정신이 이상한
아가씨가 나타났는데
그 여자가 유력한 방화범으로 지목이 됐다.

그 이유는 그 여자가
모자와 상의, 하의뿐 아니라 구두까지도
몽땅 빨간 색깔을 하고 동네를
돌아다녔고.
화재가 발생한 전날 극장에
들어간 것을 주민이 봤다는 것이었다.

그렇지만 결정적인 단서를 찾지 못해
화재사건은 미궁으로 빠졌고,
극장도 내부 수리를 하고
3개월 만에 다시 OPEN을 했다.

그런데 화재사건이 일어나고
자취를 감추었던 그 여자가 다시 나타났다.
온통 빨간색으로 도배를 하고 말이다.
그리고 그 여자분이
극장에 또 들어가려고 했다.

그러자 극장에서는 화재사건도 있고 해서
그 여자분에 대해 출입을 시키지 않았다.
그래서 그 여자분과 극장 매표소
직원 간에 실랑이가 벌어졌다.

김주사가 그 이유를 알아보기 위해
매표소 직원에게 가서
왜 그 여자분을 극장에 들여보내지
않았는지를 확인해 봤더니….

매표소 담당자가 하는 말?
"나는 단지 매표소에 가서 티켓을 발급해
오라고 했던 것 뿐이다."라고 했다고 함.

[출처] 잼있는 냉장고

치과이름이 뭔지?

문재인 정부 들어서서
일부 기초자치단체에
의사도 간호사도 없는 치과들이 생겨나서
주민들로부터 홍보가 부족하다는
민원이 발생하고 있다는데

"혹시 그 치과 이름이 무엇인지
아시는 분은 말씀해 주세요."
라고 과장님이 말하자

다들 가만히 있는데
갑자기 김주사가 하는 말

"마을자치과요.*"라고 함.

[출처] 잼있는 냉장고

* 서울시 금천구뿐 아니라 많은 자치단체에 실제로 '마을자
  치과'가 있음

다들 벗고 찍어

4월은 벚꽃의 시기이다.

전국에서 벚꽃축제를 하는 곳이
한두 곳이 아니었다.

특히나 벚꽃으로 유명한 축제 중
하나가 '여의도 벚꽃축제'이다.

벚꽃이 너무나 활짝 피어
연인들, 가족들 남녀노소 할 것 없이
사진을 찍는데~

이 광경을 보고 김주사가 하는 말

"다들 벗고 찍네~~"

[출처] 잼있는 냉장고

일부다처제

동료들과 술자리에서 대화를 하다가
'일부다처제' 얘기가 나왔다.

양주사 : "태국에는 아내가 무려 122명에
　　　　자식이 28명이나 되는 사람이
　　　　있다고 하는데 모두들 알고 있는지?"
　　　　라고 하자

소주사 : "진짜야!? 몰랐네."라고 했다.
　　　　그러자 김주사가 하는 말

김주사 : "나도 일부다처제인데?"라고 함.

모두들 : "진짜야? 부럽다."
　　　　"부인이 몇 명이고."
　　　　"자식은 몇 명이나?"고들 물었다.

김주사 : "나는 처남은 없고 처제만 5명이라
　　　　'일부다처제'인데."라고 한건데…

모두들 :　벙찜 ㅋㅋㅋ

[출처] 잼있는 냉장고

다이아몬드

'김다희'라는 직원이 있었다.
하루는 김주사가 '다희' 옆에 가더니

"어! 다이아몬드네."
라고 하는 것이었다.

그러자 주위에 있는 직원들이
"무슨 소리야!"
"다이아몬드가 있다고?"

모두들
"아무것도 없는데요."라고 하자

김주사가 하는 말

"난 다희 옆에 아몬드가 있어서~~
다희아몬드라고 했는데~~"

[출처] 잼있는 냉장고

대학 등록금

양주사와 김주사가 자녀들
대학등록금 얘기를 하는데….

양주사 : "난 애들 2명 대학등록금이 이번에
　　　　　 1000만 원이나 나왔는데
　　　　　 김주사 자네는 어떤가?"

김주사 : "난 대학생이 세 명이나 되지 않나?
　　　　　 그런데 3명 모두
　　　　　 장학금을 면제받았다네~"

양주사 : "와 ~ 김주사 자네는 대단하네~~
　　　　　 그럼 1500만 원이나 벌어 좋겠다!"

김주사 : "좋긴 뭐가 좋아! 다 냈는데~"

양주사 : "무슨 소리야?
　　　　　 다 장학금 받았다면서."

김주사 : "에이~ 무슨 소리를

셋 다 장학금 면제받았다고…."

[출처] 잼있는 냉장고

김주사가 실수한 문자(말)?

☞ 공무원 8급 서기에서 7급 '주사보'로 승진
　 해서 축하한다고 보내면서
　 공무원 7급 주의보로 보냄

☞ 불펜투수 화이팅이라고 쓴다는 게
　 볼펜투수 화이팅! 이라고 보냄

☞ 주기도문을 외우면서
　 "산 자와 죽은 자"를 심판하다에서…
　 "산 자와 죽인 자"를 이라고 함

☞ 페이스북에 글을 올린다는 게
　 테니스북에 글을 올렸다고 보냄

[출처] 잼있는 냉장고

앞뒤가 같은 단어

락앤락, 리얼리, 마그마, 별똥별, 아리아,
스위스, 시흥시, 아시아, 인도인, 역곡역,
오디오, 이쁜이, 인라인, 장발장, 장식장,
카프카, 코스코, 토마토, 트롯트….

다들 잠들다
아 좋다 좋아
다 좋은 것은 좋다
여보 안경 안 보여

[출처] 인터넷/수정

김주사가 한 말들?

☞ 김주사가 종각에서 아주 커다란 종(보신각,
　종각, 제야의 종)을 만지려고 하자 종지기가 종을
　만지지 못하게 하자 김주사가 하는 말은?
　"종잡을 수가 없네."

☞ 개새끼들이 삐쩍 마른 어미젖을 빨고 있는
　것을 보고는 김주사가 한 말은?
　"개새끼들이네."

☞ 시장에서 개구리와 낙지를 보고는
　김주사가 한 말은?
　"개구락지네."

☞ 낙지집에 가서 주문한 산낙지가 나오자
　김주사가 식당 아줌마에게 한 말은?
　"우리가 산 낙지 맞죠?"

☞ 양주사 책상 위에 있는 서류를
　가리키면서 김주사가 한 말은?
　"이거 양서류거?"

☞ 중 2명이 시주를 하러 온 것을 보고
　김주사가 혼자서 중얼거리는 말은?
　"중이네."

☞ 지방에 있는 친구가 아주 귀한 수석을
　발견했다고 하자 서울에 있는 김주사가
　수석을 보고 싶어 한 말은?
　"돌부처."

☞ 김주사가 직원들과 워크숍 도중 순천
　낙안읍성에 갔는데 사방이 초가집인 것을
　보고 김주사가 하는 말은?
　"사면초가네."

☞ 구내식당에서 점심을 먹기 위해 직원들이
　줄을 서고 있었다. 그런데 유리에
　'유리조심'이라고 붙어 있었고 그 옆에
　유리주임이 서 있는 것을 보고는
　김주사가 하는 말은?
　"어! 유리조심."

☞ 이마트나 홈플러스에 간 김주사가 계란,
　오리알 등 많은 종류의 알을 보고
　있는데 옆에 알바를 하고 있는 젊은이를
　보고는 김주사가 한 말은?
　"알~바!"

☞ 영화 촬영 차 광명동굴 앞에
　비가 있는 걸 보고 김주사가 하는 말은?
　"웬? 굴비."

☞ 김주사는 나쁜 짓을 해서 산속에서
　속죄하고 있는 형을 찾아갔다.
　그런데 형은 벌을 키우고 있었다.
　이를 본 김주사가 한 말은?
　"이거 형벌."

☞ 시골 5일장에서 옛 선비들의 갓을
　팔고 있는 것을 보고는
　김주사가 갖고 싶어 하는 말은?
　"오마이갓."

☞ 마누라가 우시장에서 간을 사 왔는데
간이 좀 이상해서 남편이 간 판 집에
가서 따지니 주인인 김주사가 한 말은?
"여긴 간판집(진짜간판집)인데요."

☞ 김주사가 식당에서 밥을 먹는데
돌을 깨물었다.
입에서 돌을 꺼내 보니 차돌이었다.
하여 아줌마를 불러서 김주사 하는 말은?
"아줌마! 돌이 안 익었어요."

[출처] 인터넷 / 수정 / 잼있는 냉장고

재미있는 한자

사월 朤(밝을 랑, 밝을 낭, 16획)

수사 燊(큰물 만, 16획)

화사 燚(불 모양 일, 16획)

어사 鱻(물고기가 성할 업, 44획)

삼김 鑫(기쁠 흠, 24획)

삼용 龘(용이 가는 모양 답, 48획)

제2장
———
시리즈

신
왕
중
첩
비
거지

신 시리즈

신은 성스러운 존재이면서
발을 편하게 해준다.

☞ 다리가 없는 신은?　　　　　　　　상반신

☞ 살아 있는 신은?　　　　　　　　　생신

☞ 죽은 신은?　　　　　　　　　　　시신

☞ 혼자 사는 신은?　　　　　　　　　독신

☞ 귓속에 사는 신은?　　　　　　　　귀신

☞ 가장 아름다운 신은?　　　　　　　미신

☞ 몸에 좋은 신은?　　　　　　　　　보신

☞ 배부른 신은?　　　　　　　　　　임신

☞ 병 들은 신은?　　　　　　　　　　병신

☞ 병신의 사촌인 신은?　　　　　　　빙신

☞ 일본의 신은?　　　　　　　　　　게다

☞ 스님들이 애지중지한 신은?　　백신 또는 고무신

☞ 군인들이 애지중지한 신은?　　　　워커

☞ 신들은 주로 어디에 사는지?　　　　신발장

☞ 신발을 아주 사랑하는 신은?　　　　러브신

☞ 버려진 폐가에 사는 신은?　　　　　폐가망신

[출처] 잼있는 냉장고

43

왕 시리즈

☞ 가장 가난한 왕은?　　　　　　　최저임금

☞ 임금의 아버지는?　　　　　　　　부킹

☞ 남의 돈을 갈취하는 왕은?　　　　해킹

☞ 왕 중에 가장 유명한 왕은?　　　　스타킹

☞ 항상 홀딱 벗고 있는 왕은?　　　　마네킹

☞ 마약을 하는 왕은?　　　　　　　대마왕

☞ 아주 충격적인 왕은?　　　　　　쇼킹

☞ 주차의 달인은?　　　　　　　　파킹

☞ 왕이 궁을 싫어하는 말은?　　　궁시렁 궁시렁

☞ 궁녀들을 졸졸 따라 다니는 왕은?　　스토킹

☞ 월급을 가장 많은 받은 임금은?　　　연봉킹

☞ 담배를 가장 많이 피운 왕은?　　　스모킹

☞ 산이나 계곡을 걸어 다니는 왕은?　　트레킹

☞ 잘 패고 심지어 방망이로 때리는 왕은?　타격왕

☞ 고구려 왕으로 가장 오래 산 왕은?　장수왕(20대)

☞ 백제 왕으로 동성을 좋아했던 왕은?　동성왕(24대)

☞ 백제 왕으로 소파를 싫어하는 왕은? 의자왕(31대)

[출처] 잼있는 냉장고

중 시리즈

☞ 중이 둘이면?   중2

☞ 중이 셋이면?   중3

☞ 절간을 수리하고 있는 중은?   공사중

☞ 중이 쓰고 다니는 모자는?   중절모

☞ 중이 병원에 입원하면?   중환자

☞ 학생들이 제일 좋아하는 중은?   방학중

☞ 중이 중 되기를 포기하는 중은?   중도포기

[출처] 잼있는 냉장고

* '중'은 절간에서 수도하는 중이 아니라 떠돌아다니는 중 또
는 파계승을 말한다고 하네요.

첩 시리즈

~~~~~~~~

☞ 마지막 첩은?   최후통첩

☞ 믿을 수 없는 첩은?   간첩

☞ 하나뿐이 없는 너무나 아끼는 첩은?   조강지첩

☞ 어찌된 일인지 첩들이 깊은 산중에 있다는

　말을 사자성어로 하면?   첩첩산중

☞ 간직하고 싶은 아주 소중한 첩은?   수첩

☞ 이순신의 2대 첩들은?   한산도대첩, 명량대첩

☞ 권율 장군의 첩은?   행주대첩

[출처] 잼있는 냉장고

비 시리즈

| 1탄 |

☞ 아기일 때 비는 어떻게 불렀는지?   베이비
                                    또는 아이비

☞ 어렸을 때 비는 어떻게 불렀는지?   비보이

☞ 비의 앤은 누구인지?   나(비엔나이니까)

☞ 비가 왕이 되면?   왕비

☞ 왕의 여자는?   비

☞ 왕비의 어머니는?   대비

☞ 조선시대 비의 신분은?   노비

☞ 비의 남편은?   지아비

☞ 비의 아버지는?   아비

☞ 혼자서 비를 키운 아버지는?   홀아비

☞ 비의 아내를 뭐라고 부르는지?   나비부인

☞ 비가 죽으면 어떻게 되는지?   좀비

[출처] 잼있는 냉장고

☞ 비가 입는 옷은?   비옷

☞ 비한테 잘 어울리는 옷은?   콤비

☞ 비는 주로 어떤 수영복을 입는지?   비키니

☞ 전설에 나오는 비는?   도깨비

☞ 네 발로 걸어 다니는 비는?   두꺼비

☞ 비가 수기를 쓴 책 제목은?   비수기

☞ 비는 항상 어디에 있을까요?   왕 옆에(왕비), aBc

☞ 비가 판사가 되면 어떻게 부르는지?   비판

☞ 비가 도망갈 때 주로 이용하는 문은?   비상문

☞ 비가 사용하는 카드는?   비씨카드

☞ 비가 투자한 것은?   비트코인

☞ 비는 고등학교를 어떻게 들어갔는지?   비비고

☞ 비가 웃으면?   비웃음

☞ 비는 어디가 잘생겼는지?   이목구비

☞ 꽃보다 아름다운 비는?   양귀비

[출처] 잼있는 냉장고

| 3탄 |

☞ 비는 스스로 뭐라고 부르는지?　　　　　　나비

☞ 비가 아이를 낳으면?　　　　　　　　　아이나비

☞ 비가 좋아하는 곤충은?　　　　　　　　호랑나비

☞ 비가 좋아하는 전자상품은?　　　　　　　　티비

☞ 노래하면 비에게 주는 돈은?　　　　　　　수고비

☞ 비가 산 차는?　　　　　　　　　　　　비싼 차

☞ 비에 대한 뒷얘기는?　　　　　　　　　비하인드

☞ 비가 싸우기 전에 하는 것은?　　　　　　　　시비

☞ 비가 엄마한테 혼나면 혼자 산에
　 간다는데 그 산 이름은?　　　　　　　혼비백산

☞ 비가 기도하면서 중얼거리는 소리는?　　비나이다

☞ 진짜 비가 오는 것을 세 자로 하면?　　　비 온다

☞ 진짜 비가 지나가면?　　　　　　　　지나가는 비

[출처] 잼있는 냉장고

☞ 비가 즐겨 먹는 탕은?   갈비탕

☞ 비가 주로 먹은 고기는?   갈비, 닭갈비

☞ 비가 주로 먹는 생선은?   굴비

☞ 비는 주로 어디에 밥을 담아 먹는지?   냄비

☞ 비가 주로 먹는 영양제는?   비타민

☞ 비가 주로 횟집에서 먹는 것은?   와사비

☞ 비가 동네 깡패들한테 맞고 있는
   것을 5자로 하면?   비 맞고 있다

☞ 비가 바라는 것을 3자로 하면?   비바람

☞ 비는 인터넷 사업을 어떤 방식으로 할까요?
                            B2B

☞ 비가 별 세 개를 달면?   중장비

☞ 비가 자주 놀던 곳은?   비원

☞ 비가 주로 하는 운동은?   럭비

☞ 비가 축구를 할 때 포지션은?   수비

☞ 요즘 비는 아파트에서 뭐 하고 있을까?   경비

[출처] 잼있는 냉장고

| 5탄 |

☞ 비가 주로 다니는 도로는?　　　　　비포장도로

☞ 비는 사무실(45층)을 오르내릴 때
　주로 어디를 이용하는지?　　　비상문, 비상계단

☞ 비가 갑자기 하늘로 날려고 하는 경우는?　비상사태

☞ 비가 한때는 머리 좋기로 유명했다던데
　그때의 비를 뭐라 불렀는지?　　　　수제비

☞ 비가 공연 중에 잠깐 졸았는지
　잤는지를 3자로 하면?　　　　　　　잔나비

☞ 친구가 강남만 가면 꼭 따라가는 비를
　4자로 하면?　　　　　　　　　　강남제비

☞ 진짜 비가 차에서 내리면?　　　　비 내린다

☞ 비가 기차를 타고 여행을 할 때
　주로 이용하는 기차는?

　　　　　　　호남선 (비 내리는 호남선)

☞ 비가 주로 이용하는 대교는?

　　　　　　　영동교 (비 내리는 영동교)

☞ 비가 자주 가는 고개는?

　　　　　　　고모령 (비 내리는 고모령)

[출처] 쨈있는 냉장고

거지 시리즈

☞ 치우는 거지는?   설거지

☞ 먹는 거지는?   우거지

☞ 거지가 사는 곳은?   주거지

☞ 미친 거지는?   돈거지

☞ 거지 중에 거지는?   왕거지

☞ 여기저기 돌아다니는 거지는?   행동거지

[출처] 잼있는 냉장고

밥 - 국 - 물 - 떡 - 술 - 전 - 콘

밥 시리즈

☞ 설운도가 주로 먹는 밥은?   설은 밥

☞ 현미가 먹는 밥은?   현미밥

☞ 50대가 주로 먹는 밥은?   쉰밥

☞ 먹어도 먹어도 배부르지 않는 밥은?   공기밥

☞ 고을 수령들이 먹는 밥은?   사또밥

☞ 마약을 섞어서 먹는 밥은?   마약김밥

☞ 죄수들이 먹는 밥은?   콩밥

☞ 아이들이 간식으로 먹는 밥은?   고래밥,
인디언밥

[출처] 잼있는 냉장고

국 시리즈

☞ 아우들이 주로 먹는 국은?   아욱국

☞ 밥 먹기 전에 미리 먹는 국은?   김칫국

☞ 콩과 나물로 만든 국은?   콩나물국

☞ 거지들이 주로 먹는 국은?   우거짓국

☞ 주로 부엌(주방)에서 먹는 국은?   북엇국

☞ 나체족들이 즐겨 먹는 국은?   버섯국

☞ 곰으로 끓인 국은?   곰국(곰탕)

☞ 곰 꼬리로 끓인 국은?   꼬리곰탕

☞ 시청, 구청 국장들이 즐겨 먹는 국은?   청국장

[출처] 잼있는 냉장고

물 시리즈

| 1탄 |

☞ 귀한 물이라 먹지 못하게 하는 물은?　　금물

☞ 선생님들이 먹는 물은?　　쌤물(샘물)

☞ 가수 비가 즐겨 먹는 물은?　　빗물(비물)

☞ 내 물이 아닌 물은?　　재물(제물)

☞ 먹기 좀 거북하고 냄새가 심한 물은?　　콧물,
　　　　　　　　　　　　　　　　　　　　　똥물

☞ 미리미리 챙겨두는 물은?　　준비물

☞ 잃어버린 물은?　　분실물

☞ 많이 먹으면 먹을수록 안 좋은 물은?　　뇌물

☞ 사람들이 아주 좋아하는 물은?　　선물

[출처] 잼있는 냉장고

| **2탄** |

☞ 비가 아니고 눈으로 만든 물은?   눈물

☞ 아주 위험한 물은?   괴물

☞ 아주 오래된 물은?   고물

☞ 우리나라에서 문화재로 관리할 만큼
  귀중한 물은?   천연기념물

☞ 조상님들이 주로 먹었던 물은?   고인물

☞ 주로 먹는 것보다 보는 물은?   음란물

☞ 구정(설)에 가족들과 같이
  나눠 먹는 물은?   구정물

☞ 19세 이상만 먹는 물은?   성인물

[출처] 잼있는 냉장고

57

☞ 급하게 먹을수록 좋은 물은?　　　　　급매물

☞ 주로 김치찌개에 넣는 물은?　　　　　콩나물

☞ 절대 먹어서는 안 되는 물은?　　　　　독극물

☞ 전국적으로 가장 유명한 물은?　　　　특산물

☞ 마실지 말지 고민하게 만든 물은?　　우물쭈물

☞ 먹으면 기억이 희미해지는 물은?　　가물가물

☞ 무용하는 분들이 자기들 물이라고
　 우기는 물은?　　　　　　　　　　　무용지물

☞ 마셔도 된다고 불법으로
　 선전을 하는 물은?　　　　　　불법광고물

☞ 사람을 유인할 때 주로 사용하는 물은? 유인물

☞ 고로쇠처럼 봄에 나오는 물은?　　　　봄나물

[출처] 쨈있는 냉장고

☞ 2020년도에 최고로 인기가 많은 물은?   펭수

☞ 형들이 주로 먹는 물은?   형수

☞ 범인들이 별로 좋아하지 않는 물은?   자수

☞ 모두들 서서 먹는 물은?   기립박수

☞ 운전하시는 분들이 즐겨 먹는 물은?   운전수

☞ 전쟁터에서 물을 팔러 다니는 장수는?   물장수

☞ 삼이 여러 개 들어있는 물은?   삼다수

☞ 길거리에서 언제나 먹을 수 있는 물은?   가로수

[출처] 잼있는 냉장고

떡 시리즈

☞ 가장 아름다운 떡은?   무지개떡

☞ 먹기가 거북한 떡은?   가래떡

☞ 개가 먹는 떡은?   개떡

☞ 100일 된 떡은?   백일떡

☞ 빈대로 만든 떡은?   빈대떡

☞ 먹으면 숨이 가빠지는 떡은?   헐레벌떡

☞ 아주 밝히는 떡은?   껄떡

☞ 떡 중에 끄떡은 있을까요? 없을까요?

       없다. (끄떡없다니까)

☞ 떡은 주로 어디서 먹는지?   복떡방

☞ 아무리 먹어도 배부르지 않은 떡은?

       그림의 떡

[출처] 잼있는 냉장고

술 시리즈

☞ 아주 비싼 술은?   진주

☞ 이번 주에 먹는 술은?   금주

☞ 마주 앉아 먹는 술은?   마주앙

☞ 세상에서 제일 맛있는 술은?   입술

☞ 마음이 심란할 때 먹는 술은?   심술

☞ 먹으면 디지는 술은?   사주

☞ 먹으면 저주를 받는 술은?   저주

☞ 술을 가장 좋아하는 나라?   호주

☞ 세 사람이 먹은 술은?   인삼주

☞ 먹기만 하면 통곡을 하며 우는 술은?   곡주

☞ 건물을 가지고 있는 사람만 먹는 술은?   건물주

☞ 전두환 전 대통령이 즐겨 먹는 술은?   전통주

☞ 증권 하는 사람들이 주로 먹는 술은?   테마주
                                       또는 공모주

☞ 현상금이 붙은 수배자들이 먹는 술은?   몽타주

☞ 특히나 여성들에게 좋은 술은?   호신술

☞ 마누라들 셋이서 모여 먹는 술은?   처세술

☞ 신들이 주로 먹는 술은?   신의주

[출처] 잼있는 냉장고

전 시리즈

☞ 가스불이 아닌 전기로 부친 전은? 한전

☞ 유명인들만 먹는 전은? 명불허전

☞ 중들이 먹는 전은? 중전

☞ 아버지와 아들이 같이 먹는 전은? 부전자전

☞ 주로 양반들이 먹는 전은? 양반전

☞ 의사들이 즐겨 먹는 전은? 처방전

☞ 왕비들이 잠들기 전에 즐겨 먹던 전은? 교태전

☞ 이세돌 등 주로 바둑을 두는 분들이
   즐겨 먹는 전은? 국수전

☞ 축구 선수들이 시합 중에 먹는 전은?
   전반전, 후반전, 연장전

☞ 지하철역 주변에서 파는 전은? 역전

☞ 먹고 나면 소화가 잘되는 전은? 소화전

☞ 창덕궁, 덕수궁 등 궁에서 배달시켜
   먹는 전은? 궁전

☞ 서로 먹겠다고 싸우는 전은? 공방전

☞ 로또 당첨되면 사먹는 전은? 인생역전

☞ 검사들이 싸우면서 먹는 전은? 검사내전

[출처] 잼있는 냉장고

콘 시리즈

☞ 기분 좋을 때 먹는 아이스크림은?　　브라보콘

☞ 주로 선물하는 아이스크림은?　　기프트콘

☞ 개가 좋아하는 아이스크림은?　　개콘

☞ 아이들이 먹는 아이스크림은?　　아이콘

☞ 사진사들이 좋아하는 콘은?　　니콘

☞ 말 머리에 나와 있는
　신비한 뿔로 만든 콘은?　　유니콘

☞ 화물차 기사분들이 아주 좋아하는 콘은?

　　　　　　　　　　　　　　레미콘

[출처] 잼있는 냉장고

닭
-
개
-
소
-
말
-
새
-
벌
-
파리
-
용
-
코로나19

닭 시리즈

☞ 세상에서 가장 빠른 닭은?　　　　　　후다닭

☞ 가장 비싼 닭은?　　　　　　　　　　코스닭

☞ 가장 성질 급한 닭은?　　　　　　　　꼴까닭

☞ 정신을 놓아버린 닭은?　　　　　　　헤까닭

☞ 당당하게 먹는 치킨은?　　　　　　　위풍닭닭

☞ 먹기가 좀 거북한 닭은?　　발바닭, 쎄빠닭(혀바닭)

☞ 수군거리면서 몰래 먹는 닭은?　　　　쑥닭쑥닭

☞ 가장 야한 닭은?　　　　　　　　홀닭('홀딱)

☞ 세상에서 가장 야한 변종 수탉은?

　　　　　　　　　　　　　　　발~닭('발딱)

☞ '동학개미'가 아닌 주로 '서학개미'들이
　 즐겨 먹는 닭은?　　　　　　　　　나스닭

[출처] 잼있는 냉장고

개 시리즈

| 1탄 |

☞ 가장 아름다운 개는?　　　　　　무지개

☞ 보신탕을 영어로 말하면?　　　　핫도그

☞ 똥 먹는 개는?　　　　　　　　　똥개

☞ 하늘을 나는 개는?　　　　　　　솔개

☞ 가장 멍청한 개는?　　　　　　　멍개

☞ 앞이 잘 안 보이는 개는?　　　　안개

☞ 개 새끼를 뭐라고 부를까요?　　개새끼
　　　　　　　　　　　　　　　　（강아지）

☞ 개가 사람을 가르치는 것을
　사자성어로 하면?　　　　　　　개인지도

☞ 너구리 라면에 개고기를 넣어
　만든 요리는?　　　　　　　　　개구리

☞ 가장 넘기 어려운 고개는?　　　스무고개

[출처] 잼있는 냉장고

☞ 고개 중에서 제일 높은 고개는?　　　보리고개

☞ 일반 식당에서도 무료로 주는 개는?　이쑤시개

☞ 아주 영리한 개는?　　　　　　　　기지개

☞ 탤런트 최지우가 키우는 반려견은?　지우개

☞ 개가 먹는 고기는?　　　　　　　　개고기

☞ 물에서 사는 개는?　　　　　물개, 물방개

☞ 제일 싼 개는?　　　　　　　　싸개싸개

☞ 아부지(부친)가 즐겨 먹는 개는?　　부침개

☞ 소리를 가장 크게 지르는 개는?　　　번개

☞ 잘 넘어가는 개는?　　　　　　　　고개

☞ 임산부들이 주로 좋아하는 개는?　제왕절개

☞ 앞이 잘 안 보이는 개는?　　　　　　안개

[출처] 잼있는 냉장고

| 3탄 |

☞ 개와 달리기를 해서 사람이 지면? 개보다 못한 놈

☞ 개와 달리기를 해서 개가 지면? 개망신

☞ 개씨가 판사인 경우 호칭은? 개판

☞ 개판사가 출근하기 5분 전이면? 개판오분전

☞ 특히 의정부에 많이 있는 개는? 부대찌개

☞ 사람에 붙어 다니는 개는? 보조개

☞ 진짜 개는? 참견

☞ 먹는 개는? 식견

☞ 진짜 보기 싫은 개는? 꼴불견

☞ 개를 잘못 사와 돌려주는 개는? 반려견

[출처] 잼있는 냉장고

소 시리즈

| 1탄 |

☞ 처음 만나는 소가 하는 말은?   반갑소

☞ 발이 두 개 달린 소는?   이발소

☞ 소 두 마리와 개 한 마리가 있는 곳은?   소개소

☞ 소는 어떻게 웃는지?   우하하

☞ '미소'의 반대말은?   당기소

☞ A젖소와 B젖소가 싸우면 누가 지는지?

A젖소(에이졌소. 삐졌소)

☞ C젖소와 D젖소가 싸우면 누가 지는지?

D젖소(디졌소)

☞ 젖소와 강아지가 싸우면 누가 이기는가?

강아지(너 졌소, 나 강하지)

[출처] 잼있는 냉장고

☞ 말귀를 아주 잘 알아듣는 소는?　　　　　알겠소

☞ 말귀를 알아듣지 못하는 소는?　　　　　모르겠소

☞ 오줌을 참고 있는 소는?　　　　　소피마르소

☞ 그림을 그리는 외국소는?　　　　　피카소

☞ 싸움만 하면 항상 지는 소는?　　　　　젖소

☞ 소가 간다를 3자로 하면?　　　　　우간다

☞ 정말 웃기는 소는?　　　　　박장대소

☞ 소가 바람을 피우기 위해 밤만 되면
　옆 동네로 넘어가는 것을 4자로 하면?

　　　　　　　　　　　소가넘음(속아넘음)

☞ 소와 말이 싸우다 갑자기 가버린 소는?

　　　　　　　　　　　소갔소(속았소)

☞ 가장 오래 사는 소는?　　　　　장수하늘소

☞ 소와 말이 싸우다 죽어버린 소는?　　　　　디졌소

[출처] 잼있는 냉장고

☞ 황소, 들소, 산소, 젖소, 피카소 등을
  다 뭐라고 하는지?   올소

☞ 죽은 소를 뭐라고 하는지?   다이소

☞ 물에 살면 물소, 들에 살면 들소인데
  그럼 산에 사는 소는?   산소

☞ 소와 개가 만나는 것은?   소개팅

☞ 소 시장에서 소가 몇 마리인지를
  세어 보라고 하는 것을 세 자로 하면? 소세지

☞ 이탈리아에서 아주 유명하며 맛이
  고소하고 쓴맛이 나는 소는? 에스프레소

[출처] 잼있는 냉장고

말 시리즈

☞ 양말을 말이라고 우기는 것은? — 거짓말

☞ 조상님들이 타고 다니던 말은? — 옛날말

☞ 포스가 장난이 아닌 말은? — 카리스마

☞ 중국에서 유명한 말은? — 적토마

☞ 인도에서 유명한 말은? — 달라이라마

☞ 북한에서 유명한 말은? — 천리마

☞ 무시무시한 말은? — 살인마

☞ 고민하게 하는 말은? — 딜레마

☞ 맨날 우는 말은? — 울지마

☞ 티비 사극에 자주 나오는 말은? — 드라마

☞ 극심한 스트레스를 받은 말은? — 트라우마

☞ 언제쯤 말이 씨가 마를까? — 종말이 오면

☞ 말들이 싸우는 것은? — 말싸움

☞ 말은 주로 뭘 갖고 노는지? — 풍선 (말풍선이니까)

☞ 말이 주로 다니는 거리는? — 말죽거리

☞ 미국에서 가장 유명한 말은? — 오바마

☞ 사람 잡는 말은? — 설마

[출처] 잼있는 냉장고

새 시리즈

☞ 진짜 새는?   참새

☞ 약삭빠른 새는?   낌새

☞ 틈만 있으면 잘 빠져나가는 새는?   틈새

☞ 쓰리꾼이나 소매치기 놈들이
   좋아하는 새는?   돈냄새

☞ 지방에 가면 많이 볼 수 있는 새는?   텃새

☞ 가까이 가면 갈수록 도망가는 새는?   냄새

☞ 아주 미운 새끼들은?   미우새

☞ 감히 범접할 수 없는 새는?   요새

☞ 가장 비싼 새는?   금새 또는 억새

☞ 공부하는 학생들이 싫어하는 새는?   밤새

☞ 옛날 왕들이 애지중지하는 새는?   국새

☞ 가장 슬피 우는 새는?   으악새

☞ 국회 주변에 수시로 날아드는 새는?   철새

☞ 구두만 보면 눈이 돌아가는 새는?   찍새

☞ 새 되었다고 맨날 노는 새는?   노새

☞ 경찰들이 제일 싫어하는 새는?   짭새

[출처] 잼있는 냉장고

벌 시리즈

☞ 벌로 만든 담금주는?   벌주

☞ 국제적인 벌은?   글로벌

☞ 아주 무시무시한 벌은?   살벌

☞ 결혼한 암컷 벌은?   처벌

☞ 벌 중에 왕은?   여왕벌

☞ 생존을 위해 죽기 살기로 싸우는 벌은?

서바이벌

☞ 싸움으로 유명하며 충남 황산에만
   있는 벌은?   황산벌

☞ 벌침은 몇 개일까요?   두 개(입, 똥구녕)

☞ 벌 중에서 가장 오래 사는 벌은?   장수말벌

☞ 말과 벌이 함께 사는 집은?   말벌집

☞ 토종 꿀벌과 장수말벌은 앙숙이라는데
   이런 벌들을 뭐라고 부르는지?   라이벌

☞ '벌 두 마리가 떨고 있다'를
   4자로 말하면?   벌벌 떨다

[출처] 잼있는 냉장고

파리 시리즈

☞ 오줌 싸는 파리는?　　　　　　　　　쉬파리

☞ 똥 먹는 파리는?　　　　　　　　　　똥파리

☞ 가장 야한 파리는?　　　　　　　　　기생파리

☞ 가장 비싼 파리는?　　　　　　　　　금파리

☞ 장사 못 하게 초 치는 파리는?　　　초파리

☞ 파리의 대통령은?　　　　　　　　　왕파리

☞ 파리도 아닌 게 파리라고
　우기는 파리는?　　　　　　　　　　날파리*

☞ 파리들이 살기 좋은 환경을
　만들기 위한 세계적인 협약은?　파리기후협약

☞ 파리가 잘못하면 잡혀가는 곳은?　　불란서

☞ 파리들이 장거리 여행을 위해
　이용하는 곳은?　　　　　　　　　　파리공항

☞ 파리가 주로 노는 곳은?　　　　　　파리시장

☞ 곤충들은 날개가 4개인데 유독
　파리는 2개임 왜 그럴까요?

　　　　　　비벼야 하니까(속죄하기 위해).

[출처] 잼있는 냉장고

* 날파리(=깔따구)는 파리가 아님
** 파리는 15만 종에 우리나라만 2000여 종이나 된다고 합니다.

용 시리즈

☞ 잠자고 있는 용은?   잠룡

☞ 가짜 용은?   어용

☞ 용은 어디서 태어나는지?   개천

☞ 용이 산다는 산은?   용산, 용각산

☞ 잠룡들이 주로 먹는 술은?   여의주

☞ 둘리와 함께 살았던 용은?   공룡

☞ 공을 갖고 노는 용은?   이청용

☞ 옛날에 아주 잼나게 웃겼던 용은?   배삼용

[출처] 잼있는 냉장고

코로나19 시리즈

☞ 코로나19로 인한 명언?

뭉치면 죽고 흩어지면 산다

☞ 코로나19 바이러스와 싸우는 신은?　　백신

☞ 코로나19 바이러스를 전파하는 동물이
　박쥐가 아니고 개가 옮겼다는 소문은?

개소문

☞ 코로나19 바이러스 백신을 우리나라가
　세계 최초로 발견했다는데 발견한 곳은?

절, 시장, 5일장(흰 고무신)

☞ 코로나19 때문에 불티나게 팔리고
　있다는 새로 나온 맥주 이름?　　유언비어

☞ 스님들은 코로나19에 걸리지 않은 이유는
　무엇인지?　　백신(흰 고무신)을 신고 다녀서

☞ 코로나19 확진자가 언론 인터뷰에서
　밥 먹을 때도 커피 마실 때도 마스크를
　썼다고 하는데~ 참말일까?　　유언비어

☞ 코로나19 로 격리되는 사람이 늘어남에 따라
　가장 핫한 라면이 나왔다는데 그 이름은?

비대면

[출처] 잼있는 냉장고

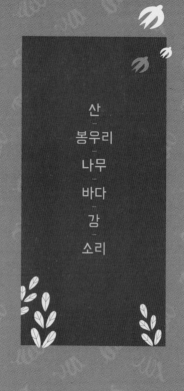

산
봉우리
나무
바다
강
소리

산 시리즈

산은 산이로다! 우리나라에
진짜로 있는 산들입니다.

아기산, 개인산, 부모산, 서방산, 형제산,
벽화산, 병풍산

미녀산, 내연산, 치마산,
수락산, 수정산, 수태산, 태기산, 유방산,
용각산, 유학산, 고대산, 천지갑산

백원산, 현금산, 흥청산, 딴산[*],
구두산, 소금산, 도덕산,
무장산, 소요산, 인내산, 호구산, 해명산

까치산, 사자산, 닭벼슬산, 개이빨산,
사슴산, 뱀산, 동그란산

[출처] 잼있는 냉장고

* '딴산'은 강원도 등 7곳이 있고, '안딴산'도 있음

산도 아닌 산들

☞ 비올 때 인기가 많은 산은?　　　　　　　우산

☞ 한여름에 인기가 많은 산은?　　　　　　양산

☞ 전철이나 버스를 이용해서 가는 산?　　안산, 오산

☞ 산에서 '야'하고 외친 여자는?　　　　　야한여자

☞ 미역장수가 가장 좋아하는 산은?　　　　해산

☞ 걱정이 많은 사람이 오르는 산은?　　　태산

☞ 야구인들이 좋아하는 산은?　　　　　　두산

☞ 주말만 되면 누구나 가는 산은?　　　　등산

☞ 돈 많은 놈들이 더 좋아하는 산은?　　　재산

☞ 정치인들이 좋아하는 산은?　　　　　　예산

☞ 직장인들이 제일 싫어하는 산은?　　　　낙하산

[출처] 잼있는 냉장고

봉우리 시리즈

아가봉, 애기봉, 성인봉,
노인봉, 할미봉, 미남봉, 미인봉,
형제봉, 장군봉, 선녀봉, 신선봉

제비봉, 여우봉, 돼지봉, 박쥐봉

삿갓봉, 우산봉, 뾰루봉, 주걱봉,
등잔봉, 막장봉, 가마봉, 가리봉,
보석봉, 소쿠리봉[*]

☞ 봉에 올라가면 다들 하는 말?　　　　우리가~봉
☞ 봉 중에 최고의 봉은?　　　　　　　　　따봉

[출처] 잼있는 냉장고

---

* 상기 봉들은 봉이 김선달이 찾지 못한 봉우리를 김주사가
　진짜로 찾은 것입니다.

나무 시리즈

☞ 진짜 나무?   참나무

☞ 김치 담글 때 새우젓이 부족하면
   넣는 나무는?   젓나무

☞ 아주 매운 나무는?   고추나무

☞ 너도나도 나무라고 우기는 나무는?
       너도밤나무, 나도밤나무

☞ 주로 덜덜 떠는 나무는?   사시나무

☞ 이 나무를 만지면 디지게 맞을
   수도 있는 나무는?   작살나무

☞ 거꾸로 자라는 나무는?   물구나무

[출처] 잼있는 냉장고

바다 시리즈

~~~~~~~~

☞ 바닷물이 진짜로 짠 바다는?   짠해

☞ 바닷물이 심심한 바다는?   심심해

☞ 바닷물이 달달한 바다는?   달콤해

☞ 바닷물이 짜지도 않고 심지어
   싱거운 바다는?   황당해

☞ 사과할 때 가는 바다는?   미안해

☞ 알 수 없는 바다는?   궁금해

☞ 가장 뜨거운 바다는 어디일까요?   열바다

☞ 가장 추운 바다는 어디일까요?   썰렁해

[출처] 잼있는 냉장고

감 시리즈

☞ 노인들이 좋아하는 강은? 만수무강

☞ 여자들이 밤에 즐겨 찾는 강은? 오강

☞ 영화배우들이 자주 찾아가는 강은? 허장강

☞ 가장 짠 강은? 소금강

☞ 가장 비싼 강은? 금강

☞ 사업을 실패한 사람들이 주로 찾는 강은? 한탄강

☞ 북한에 있는 강은? 북한강

☞ 북한에는 없는 강은 ? 남한강

☞ 이명박 전 대통령이 죽고 못 사는 강은? 4대강

[출처] 잼있는 냉장고

소리 시리즈

~~~~~~~~~

☞ 판소리의 반대말은?   산소리

☞ 진짜 야한 소리는?   '야~'한 소리

☞ 누가 더 크게 소리를 내는지
  소리내기에서 이긴 소리는?   딴소리

☞ 가장 확실한 소리는?   똑소리

☞ 도무지 알 수 없는 소리는?   무슨소리

☞ 5가지 소리를 내는 동물은?   오소리

☞ 사계절 중 특히 봄에만 조용히 오는
  소리가 있다고 하는 소리는?   헛소리

☞ 선거철 표 떨어지는 소리는
  어떤 소리인지?   우수수

☞ 개가 꿈꿀 때 내는 소리는?   개소리

[출처] 잼있는 냉장고

85

집(하우스)
-
길
-
차
-
돈
-
금
-
소금
-
돌
-
공
-
별

집(하우스) 시리즈

☞ 여자가 가장 좋아하는 집은?　　　시집

☞ 세상에서 제일 더러운 집은?　　　똥~집

☞ 세상에서 제일 맛있는 집은?　　　닭똥집

☞ 목수도 못 고치는 집은?　　　고집

☞ 밤만 되면 연인들이 주로 가는 집은?　　　술집

☞ 문제가 아주 많은 집은?　　　문제집

☞ 푸른 집은?　　　블루하우스

☞ 하얀 집은?　　　화이트하우스

☞ 사랑방 손님이 사는 집은?　　　게스트하우스

☞ 투명한 집은?　　　비닐하우스

☞ 모델이 사는 집은?　　　모델하우스

[출처] 잼있는 냉장고

길 시리즈

[음식 관련]
☞ 미더덕로, 복요리로, 토굴새우젓길

[그냥 웃기는 길]
☞ 부산 용궁길
☞ 경기 고기로, 술이홀로, 사슴벌레로
☞ 강원 멀미길, 먹방길, 법대로
☞ 경북 쌍쌍로, 미남길
☞ 경남 스포츠로, 천하장사로
☞ 전북 콩쥐팥쥐로
☞ 전남 웰빙로

☞ 후진길, 황천길, 부고길, 사정길^{**}
☞ 야동길(Yadong-gil)은 아직도 있음^{***}

[출처] 잼있는 냉장고

---

[*] '도로명주소법'에 따라 2014년 1월 1일부터 의무사용하게
  된 진짜로 재미있는 도로명들 입니다.
^{**} 법적 도로이지만 부적절한 도로로 재정비 대상임.
^{***} 전북 고창군 흥덕면, 경남 창녕군 고암면, 인천 연수구
  야동 1, 이천시 연수구 야동길

길도 아닌 길

☞ 이 길을 걷다 보면 오히려
　몸이 피곤해지는 도로는?　　　만성피로

☞ 누구나 가기를 꺼리는 길은?　　가시밭길

☞ 사업하는 분이나 건강이 안 좋으신
　분이 다니면 안 되는 거리는?　　악화일로

☞ 영웅들만 다니는 거리?　　　　히어로

☞ 사람들이 가장 싫어하는 거리는?　걱정거리

☞ 무단횡단을 하든 말든
　간섭하지 않는 도로는?　　　　마음대로

☞ 이 길을 걸으면 골로 가는 길은?　황천길
　　　　　　　　　　　　　또는 저승길

☞ 술을 아무리 많이 먹어도 꼭
　가게 되는 도로는?　　　　　　집으로

☞ 이 길만 걸으면 성공을 할 수
　있는 길은?　　　　　　　　　탄탄대로

☞ 인생 마지막으로 걷는 길은?　　그야말로

☞ 결혼을 앞둔 신랑 신부가
　걸어야 하는 길은?　　　　　　백년해로

[출처] 잼있는 냉장고

89

차 시리즈

☞ 처녀들이 타기 싫어하는 차는?　　　아벨라

☞ 소가 타고 다니는 차는?　　　소나타

☞ 우리나라 최초의 택시는?　　　시발택시

☞ 음주운전을 해도 걸리지 않는 차는?　　　포장마차

☞ 옛날에는 똥차였던 차는?　　　기똥차

☞ 노래를 부를 수 있는 차는?　　　하모니카

☞ 이거 몰았다가는 감옥에 갈 수 있는 차는?

　　　몰카

☞ 눈을 씻고 봐도 아시아,
　유럽에 없는 차는?　　　아프리카

☞ 유럽이나 아프리카에는 없는 차는?　　　스리랑카

☞ 기생충 감독 봉준호가 상으로
　받은 차는?　　　오스카

☞ 살까 말까 망설여지는 일본차는?　　　오사카

☞ 트럼프가 가끔 끌고 데리고
　다니는 차는?　　　이방카

☞ 마시면 취하는 차는?　　　보드카

☞ 증권시장에서 가끔씩 보게 되는 차는?　　　사이드카

[출처] 잼있는 냉장고

돈 시리즈

☞ 생각만 해도 찡한 돈은?   어머니

☞ 아이들이 좋아하는 돈은?   할머니

☞ 며느리들이 싫어하는 돈은?   시어머니

☞ 아저씨들이 좋아하는 돈은?   아주머니

☞ 도둑이 훔쳐간 돈은?   슬그머니

☞ 계란 살 때 지급한 돈은?   에그머니

☞ 티를 사는 데 주로 사용되는 돈은?   티머니

☞ 스포츠인들이 주로 사용하는 돈은?   세리머니

☞ 도저히 알 수 없는 돈은?   그게머니

☞ 지갑이 아닌 바지에만 넣고
      다니는 돈은?   바지주머니

☞ 절이나 사찰에서 사용되는 돈은?   석가머니

☞ 중동에서 주로 사용되는 돈은?   오일머니

☞ 미국의 50개 주에서 사용되는 돈은?   주머니

☞ 호주의 돈은?   호주머니

[출처] 잼있는 냉장고

금 시리즈

☞ 교회 목사들이 좋아하는 금은?　　헌금

☞ 공무원들이 좋아하는 금은?　　연금

☞ 기업 대표들이 좋아하는 금은?　　비자금, 자금

☞ 기업인들이 제일 싫어하는 금은?　　세금

☞ 학생들이 제일 싫어하는 금은?　　학자금

☞ 여성들이 제일 싫어하는 금은?　　요실금

☞ 법인택시 기사들이 싫어하는 금은?　　사납금

☞ 많으면 많을수록 좋지 않은 금은?　　벌금

☞ 금 중 최고의 금은?　　임금

☞ 금은 어떻게 훔쳐야 되는지?　　슬금슬금

☞ 청소년들은 보는 것조차 안 되는 금은?　19금

☞ 음악과 관련 있는 금은?　　풍금, 해금, 대금(大笒)

☞ 아직 돌려받지 못한 금은?　　미수금

☞ 시간과 관련 있는 금은?

지금, 방금, 이따금, 통금, 뜬금, 불금

☞ 금으로 만든 반지는 금반지인데
　그럼 돌반지는 무엇으로 만드는지?　　금

[출처] 잼있는 냉장고

소금 시리즈

☞ 소금을 잘게 부수면?　　　　　　　　　　깨소금

☞ 소금장수가 좋아하는 사람은?　　　　싱거운 사람

☞ 소금의 유래는?
　옛날 한 아이가 설탕인 줄 알고 먹었다
　외마디 비명!　　　　　　　　　　"앗 속음."에서….

☞ 주로 임금들이 먹은 소금은?　　　　　　왕소금

☞ 소금이 많이 나오는 강은?　　　　소금강(강릉시)

☞ 소금이 많이 나오는 산은?

　　　　　　소금산(원주시) 또는 염치(아산시)

[출처] 잼있는 냉장고

돌 시리즈

☞ 진짜(real) 돌은?   리얼돌

☞ 2년 된 돌?   이세돌

☞ 가장 오래된 돌은?   고인돌

☞ 돌들을 모아 놓고 전시하는 것은?   돌잔치

☞ 국가 간 계약을 체결하고 기념품으로
   주고받는 돌은?   조약돌

☞ 부시 미국 대통령이 어렵게 수집해서
   갖고 노는 돌은?   부싯돌

☞ 돌을 가지고 형과 싸우자
   엄마가 하는 말은?   이건 아이돌

☞ 등급이 가장 높은 돌은?   수석(대리석도있지만)

☞ 수석은 주로 어디에 많은지?   청와대

☞ 수석 중에서 요즘 가장 핫한 수석은?   민정수석

☞ 수석에 대해 이것저것 가르쳐주는
   사람은?   수석코치

[출처] 잼있는 냉장고

94

공 시리즈

～～～

☞ '삼장법사'가 갖고 노는 공은?　　　　　손오공

☞ 누구나 갖고 싶은 공은?　　　　　　　　　성공

☞ 공이 4개이면?　　　　　　　　사공 또는 공포

☞ 공이 5개이면?　　　　　　　　　　　　　5공

☞ 남의 공이 아닌 공은?　　　　　　　　　　내공

☞ 군인들이 갖고 노는 공은?　　　　　　　육해공

☞ 농구공, 축구공, 배구공, 탁구공 등
　　공만을 파는 사장은?　　　　　　　　공사장

☞ 공이 너무 많아 주체를 못 하는 나라는? 남아공

[출처] 잼있는 냉장고

별 시리즈

☞ 별이 세 개 떨어지면(즉 죽으면)?　　　　별세

☞ 별따기와 별달기 어느 것이 더 쉬운가요?

　　　　　　　　별달기(약 30년이면 달 수 있음)

☞ 별 볼 일 없을 때는 언제일까요?　　　　낮

☞ 별은 주로 어디에 많은가요?　　　　국방부

☞ 별을 보기 위해서는 어디(지자체)로

　　가면 되는지?　　　　　　　　　　장성군

☞ 별똥별이 가장 많이 떨어지는 곳(지자체)은?

　　　　　　　　　　　　　　　대전 유성구

☞ 별 중에 가장 슬픈 별은?　　　　　　이별

☞ 살아있는 별 중에 가장 슬픈 별은?　　생이별

☞ 별들의 전쟁은 어디에서 하는지?　　　군대

[출처] 잼있는 냉장고

옥 - 코 - 피 - 똥 - 키스

욕 시리즈

☞ 어머니가 하는 욕은?　　　　　　　　　모욕

☞ 아주 창피한 욕은?　　　　　　　　　　치욕

☞ 남녀가 같이 하는 욕은?　　　　　　　쌍욕

☞ 남녀가 같이 하면 좋은 욕은?　　　　혼욕

☞ 지나치면 좋지 않지만 권장하는 욕은?　금욕

☞ 가끔 돈을 주고 1시간 이상
　신나게 하는 욕은?　　　　　　　　　목욕

[출처] 잼있는 냉장고

코 시리즈

☞ '이것은 코다'를 영어로 말하면?　　　디스코

☞ '이것은 코가 아니다'는?　　　이코노

☞ '다시 보니 코더라'는?　　　도루코

☞ '또다시 보니 코가 아니다'는?　　　코코낫

☞ '또다시 보니 코더라'는?　　　기필코, 맹세코

☞ '이 코는 길다'는?　　　코오롱

☞ 냄새를 아주 잘 맡는 코는?　　　개코

☞ 세계에서 가장 큰 코는?　　　멕시코

☞ 자동차에 붙어있는 코는?　　　기어코

☞ 누구나 즐겨 먹는 코는?　　　빠삐코

☞ 애들이 잘 먹는 코는?　　　핫초코

☞ 창밖에 코를 들이밀면 안 되는 코는?　　　들창코

☞ 이상 행동을 하는 사람들의 코는?　　　사이코

[출처] 잼있는 냉장고

피 시리즈

~~~~~~~~

☞ 운동 잘한 사람에게 주는 피는?   MVP

☞ 특별히 관리하는 피는?   VIP

☞ 군대에는 총기사고 등이 종종 있는데
   그래서 많이 보는 피는?   MP(헌병)

☞ 한 대 맞고 다섯 군데서 피가 나는 것을
   4자로 하면?   일타오피

☞ 누구나 잘 아는 피?   알다시피

☞ 코스요리로 시켜 먹는 피는?   코스피

☞ 아주 행복한 피?   해피

☞ 비가 행복했을 때는 어떤 피?   비해피

☞ 남녀노소 누구나 즐겨 먹는 피는?   커피

☞ 전문요리를 할 때 주로 사용하는 피는? 레시피

☞ 조족지혈의 뜻으로 새 발에서 피가 나는 것은?
        새발의피

☞ 누구나 좋아하지만 특히나 운동선수들이
   좋아하는 피는?   트로피

☞ 오 씨들의 피는 대부분 O형이라는데
   왜일까요?   오가피이나까

☞ 혼자 산속이나 건물더미 등에 고립되어
   위험에 빠지면 살기 위해 먹는다는 피는? 소피

[출처] 잼있는 냉장고

똥 시리즈

☞ 노상에서 똥을 싸는데 사방을 두리번
거리면서 싸는 똥은?   갸우똥

☞ 낭떠러지 나무에 매달려 있는
사람이 싸는 똥은?   죽을똥 쌀똥

☞ 대로에 누군가 싼 똥?   대로변

☞ 똥으로 뒤덮인 산은?   변산(전라북도 부안군)

☞ 똥으로 뒤덮인 섬은?   똥섬[*]

[출처] 잼있는 냉장고

---

* 똥섬은 군산, 부안, 태안, 신안, M 영광 등 20여 개나 있음

키스 시리즈

〰〰〰

☞ 어른들보다는 아이들이
　더 좋아했던 키스는?　　　　　　　밀키스

☞ 키스의 달인은?　　　　　　　　　키스신

☞ 공에다 뽀뽀를 하는 키스는?　　　볼키스

☞ 사무실에서 당당하게 사용하는 키스는?

　　　　　　　　　　　　　　　　호치키스

☞ 키스를 제일 싫어하는 사람은?　당구선수

[출처] 잼있는 냉장고

제3장

있다, 없다

지하철역 이름
–
사람 이름
–
대학교
–
중학교

있다, 없다 (1)

| 구버전 |

☞ 남성은 있고, 여성은 없다.

☞ 신사는 있고, 숙녀는 없다.

☞ 미아는 있고, 고아는 없다.

☞ 정자는 있고, 난자는 없다.

☞ 오리는 있고, 닭은 없다.

☞ 양주는 있고, 소주는 없다.

☞ 약수는 있고, 생수는 없다.

☞ 강남은 있고, 강북은 없다.

☞ 삼성은 있고, 현대는 없다.

정답은? 지하철역 이름

[출처] 인터넷

☞ 국수는 있고, 우동은 없다.

☞ 도심은 있고, 시골은 없다.

☞ 가오리는 있고, 홍어는 없다.

☞ 목동은 있고, 양떼는 없다.

☞ 방이 있고, 거실은 없다.

☞ 상수는 있고, 하수는 없다.

☞ 대화는 있고, 타협은 없다.

☞ 야당은 있고, 여당은 없다.

☞ 샛강은 있고, 새우깡은 없다.

☞ 가능은 있고, 불가능은 없다.

☞ 흥선은 있고, 대원군은 없다.

☞ 효자는 있고, 불효자는 없다.

정답은? 지하철역 이름

[출처] 잼있는 냉장고

있다, 없다. (2)

☞ 이대는 있는데 숙대는 없다.

☞ 양주는 있는데 소주는 없다.

☞ 유치권은 있는데 질권은 없다.

☞ 손가락은 있는데 발가락은 없다.

☞ 안경태는 있는데 안경알은 없다.

☞ 한양대는 있는데 서울대는 없다.

☞ 한국인은 있는데 일본인은 없다.

정답은? 사람이름

[출처] 잼있는 냉장고

있다, 없다 (3)

☞ 을지는 있는데 종로는 없다.

☞ 중부는 있는데 북부는 없다.

☞ 국민은 있는데 시민은 없다.

☞ 세명은 있는데 두명은 없다.

☞ 예수는 있는데 석가모니는 없다.

☞ 서울여자는 있는데 대구여자는 없다.

☞ 고구려, 신라는 있는데 백제는 없다.

정답은? 대학교

[출처] 잼있는 냉장고

있다, 없다 (4)

☞ 방학은 있는데 수업은 없다.

☞ 대치는 있는데 해산은 없다.

☞ 국수는 있는데 우동은 없다.

☞ 양주는 있는데 소주는 없다.

☞ 주례는 있는데 신랑신부는 없다.

☞ 양산은 있는데 우산은 없다.

☞ 부인은 있는데 남편은 없다.

☞ 청산은 있는데 기업은 없다.

☞ 금일은 있는데 금주는 없다.

정답은? 중학교

[출처] 잼있는 냉장고

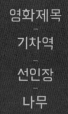

영화제목
–
기차역
–
선인장
–
나무

있다, 없다 (5)

☞ 10억은 있는데 9억은 없다.

☞ 된장은 있는데 고추장은 없다.

☞ 고래사냥은 있는데 토끼사냥은 없다.

☞ 남한산성은 있는데 북한산성은 없다.

☞ 늑대소년은 있는데 양치기소년은 없다.

☞ 팔도강산은 있는데 금수강산은 없다.

☞ 선데이서울은 있는데 선데이부산은 없다.

☞ 7급공무원은 있는데 9급공무원은 없다.

☞ 기생충은 있는데 회충은 없다.

정답은? 영화제목

[출처] 잼있는 냉장고

있다, 없다 (6)

☞ 백제는 있는데 신라는 없다.

☞ 국수는 있는데 우동은 없다.

☞ 봉양은 있는데 김양은 없다.

☞ 음성은 있는데 양성은 없다.

☞ 연하는 있는데 연상은 없다.

☞ 이하는 있는데 이상은 없다.

☞ 부산진은 있는데 서울진은 없다.

☞ 효자는 있는데 부모는 없다.

☞ 삼성은 있는데 엘지는 없다.

☞ 춘양은 있는데 이도령은 없다.

☞ 천원은 있는데 만원은 없다.

☞ 법전은 있는데 판사는 없다.

☞ 고사리는 있는데 고도리는 없다.

정답은? 기차역

[출처] 잼있는 냉장고

있다, 없다 (7)

☞ 월세계는 있는데 달세계는 없다.

☞ 강수는 있는데 강타는 없다.

☞ 호두는 있는데 자두는 없다.

☞ 금성은 있는데 목성은 없다.

☞ 장군은 있는데 신하는 없다.

☞ 부채는 있는데 선풍기는 없다.

☞ 손가락도 있고 발가락도 있다.

정답은? 선인장

[출처] 잼있는 냉장고

있다, 없다 (8)

☞ 쥐똥은 있는데 고양이똥은 없다

☞ 고추는 있는데 조개는 없다.

☞ 벗은 있는데 친구는 없다.

☞ 사시는 있는데 행시는 없다.

☞ 지빵은 있는데 내빵은 없다.

☞ 밤은 있는데 낮은 없다.

☞ 향은 있는데 냄새는 없다.

☞ 국수는 있는데 우동은 없다.

☞ 구기자는 있는데 신기자는 없다.

정답은? 나무

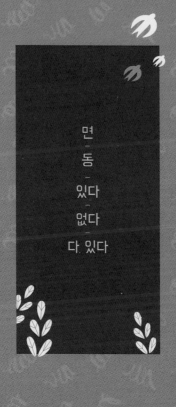

면
-
동
-
있다
-
없다
-
다. 있다

있다, 없다 (9)

☞ 안내는 있는데 안내원은 없다.
☞ 사리는 있는데 라면은 없다.
☞ 수비는 있는데 공격은 없다.
☞ 이방은 있는데 사또는 없다.

정답은? 면

있다, 없다 (10)

☞ 소주는 있는데 안주는 없다.

☞ 고모는 있는데 이모는 없다.

☞ 검사는 있는데 판사는 없다.

☞ 주례는 있는데 주례사가 없다.

☞ 신하는 있는데 왕은 없다.

☞ 다방은 있는데 카페는 없다.

☞ 정자는 있는데 난자는 없다.

☞ 미아는 있는데 부모는 없다.

☞ 구천은 있는데 팔천은 없다.

☞ 대학은 있는데 학생은 없다.

☞ 수표는 있는데 현찰은 없다.

☞ 내일은 있는데 모레는 없다.

정답은? 동

[출처] 잼있는 냉장고

있다, 없다 (11)

☞ 소주동, 양주동, 고기동이 있다, 없다.
☞ 거의동, 오전동, 대이동이 있다, 없다.
☞ 초산동, 유산동, 다산동이 있다, 없다.
☞ 외도동, 야동동, 신음동이 있다, 없다.
☞ 어둔동, 개운동, 채신동이 있다, 없다.
☞ 가수동, 검사동, 장관동이 있다, 없다.
☞ 좌천동, 고소동, 복수동이 있다, 없다.

정답은? 있다.

[출처] 잼있는 냉장고

있다. 없다 (12)

전국 시군구 읍·면·동및 면·리에
이런 곳이 있다, 없다?

☞ 금가면 부수리, 금가면 고치리

☞ 남이면 여자리, 사내면 여자리

☞ 성내면 화내리, 손불면 고사리

☞ 수비면 노치리, 송해면 술상리

☞ 불은면 우동리, 안사면 성내리

☞ 안사면 화내리, 사귀면 효리

☞ 야로면 자지리, 지천면 발리

정답은? 없다. (면, 리 따로따로 있다)

[출처] 잼있는 냉장고

있다, 없다 (13)

전국 읍·면·동·리에 있다, 없다.

☞ 고도리가 있다, 없다.
☞ 대가리가 있다, 없다.
☞ 후지리가 있다, 없다.
☞ 목소리 있다, 없다.
☞ 사다리 있다, 없다.
☞ 목도리 있다, 없다.

☞ 목소리 있다, 없다.
☞ 구만리 있다, 없다.
☞ 사거리 있다, 없다.
☞ 고사리 있다, 없다.
☞ 가오리 있다, 없다.
☞ 송두리 있다, 없다.

☞ 해보면이 있다, 없다.
☞ 성내면이 있다, 없다.
☞ 안사면이 있다, 없다.

☞ 야동동이 있다, 없다.
☞ 신음동이 있다, 없다.
☞ 어둔동이 있다, 없다.
☞ 소주동이 있다, 없다.

정답은? 다 있다.

[출처] 잼있는 냉장고

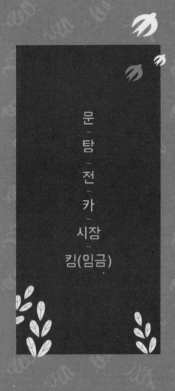

문 - 탕 - 전 - 카 - 시장

킹(임금)

있다, 없다 (14)

☞ 사과는 있는데 복숭아는 없다.

☞ 동대는 있는데 연대는 없다.

☞ 허니는 있는데 남편은 없다.

☞ 소는 있는데 개는 없다.

☞ 방은 있는데 룸은 없다..

☞ 신은 있는데 사람은 없다.

정답은? 문

[출처] 잼있는 냉장고

있다, 없다 (15)

☞ 곰은 있는데 사자는 없다.

☞ 대구는 있는데 광주는 없다.

☞ 노천은 있는데 개천은 없다.

☞ 감자는 있는데 고구마는 없다.

☞ 동태는 있는데 명태는 없다.

정답은? 탕

[출처] 잼있는 냉장고

있다, 없다 (16)

☞ 국수는 있는데 우동은 없다.

☞ 양반은 있는데 쌍놈은 없다.

☞ 홍길동은 있는데 임꺽정은 없다.

☞ 춘향이는 있는데 이도령은 없다.

☞ 중은 있는데 스님은 없다.

정답은? 전

[출처] 잼있는 냉장고

있다, 없다 (17)

☞ 스리랑은 있는데 아리랑은 없다.

☞ 하모니는 있는데 오케스트라는 없다.

☞ 보드는 있는데 칠판은 없다.

☞ 사이드는 있는데 구석은 없다.

정답은? 카

[출처] 잼있는 냉장고

있다, 없다 (18)

☞ 파리는 있는데 모기는 없다.

☞ 서울은 있는데 강원도는 없다.

☞ 깡통은 있는데 거지는 없다.

☞ 도깨비는 있는데 방망이는 없다.

정답은? 시장

[출처] 잼있는 냉장고

있다, 없다 (19)

☞ 버스는 있는데 택시는 없다.
☞ 부는 있는데 모는 없다.
☞ 최저는 있는데 최상은 없다.
☞ 스타는 있는데 톱스타는 없다.
☞ 마네는 있는데 모네는 없다.

정답은? 킹 (또는 임금)

[출처] 잼있는 냉장고

제4장

이거 알어?

공통점 찾기

☞ 물망초, 인동초, 불로초, 대마초,
구미초의 공통점은?   초등학교

☞ 건국초, 구정초, 금주초, 일월초,
백수초의 공통점은?   초등학교

☞ 물망초, 인동초, 불로초, 구미초,
구절초, 금시초의 공통점은?   풀

☞ 개불알, 깽깽이, 물꼬리, 강아지, 족두리,
한해살이의 공통점은?   풀

☞ 할미, 무녀, 모녀, 임자, 여자, 애기,
마당여, 깨진여, 검은여, 꼭두녀의
공통점은?   섬 이름[*]

☞ 적금도, 거금도, 주지도, 소망도,
노력도, 가지도, 자지도, 주문도,
내병도의 공통점은?   섬 이름

☞ 개태사, 성주사, 희방사, 직지사,
백양사, 불국사의 공통점은?   기차역

☞ 금강, 부강, 태화강, 한탄강, 극락강,
임진강, 낙동강의 공통점은?   기차역

---

[*] 할미섬, 무녀도, 모녀도, 임자도, 여자도, 여자만, 애기섬

☞ 이양, 덕양, 춘양, 봉양, 화양, 하양, 부산진, 밀양, 광양, 단양의 공통점은? 기차역

☞ 가지, 바위, 손목, 소매, 구멍, 구슬, 비석, 딱지, 엿, 구슬, 바위의 공통점은?

치기

[출처] 잼있는 냉장고

궁금해요?

| 1탄 |

☞ 용한의원은 '용한 의원'인지?
   '용 한의원'인지?

☞ 한 씨가 '의사'이면 '한의사'일까요?
   '한 의사'일까요?

☞ '사자성어'는 있는데 왜?
   '호랑이성어'는 없는지?

☞ 이상한 꿈을 '개꿈'이라고 하면
   '진짜 개가 나온 꿈'은 무슨 꿈인지?

☞ 발 벗고 뛰라는데
   '발을 벗고'어떻게 뛰어야 하는지?

☞ '축구'를 어떻게 차는지?

☞ '머리'를 어떻게 깎는지?

[출처] 잼있는 냉장고

| 2탄 |

☞ 오른손, 왼손, 양손은 알겠는데
   '맨손'은 어떤 손인지?

☞ '하루살이'는 이틀 사는 놈도 있다는데
   왜 하루살이인지?

☞ '비어있는 캔'이 비어캔인지? 아님
   '맥주캔'을 비어캔이라 하는지?

☞ '정형외과'는 있는데
   '이형외과', '김형외과'는 왜 없는지?

☞ 발이 세 개이면 세발낙지인지?
   아님 '시발낙지'인지?

☞ 거위가 낳는 알은
   왜 '거위알'이 아니고 '황금알'인지?

[출처] 잼있는 냉장고

☞ 어깨로 춤을 추면 '어깨춤'인데
　다리로 추는 춤은 왜 '개다리춤'인지?

☞ 뱀으로 끓이면 뱀탕이고,
　새우로 끓이면 새우탕인데
　곰탕은 무엇으로 끓이는지?*

☞ 딱지를 치는 것을 '딱지치기'라 하는 건
　알겠는데 소매, 엿, 양, 자를 치지도
　않는데 소매치기, 엿치기, 양치기,
　자치기인지?

☞ 콩으로 만들면 콩떡,
　쑥으로 만들면 쑥떡,
　개로 만들면 개떡,
　벌로 만들면 벌떡인 건 알겠는데
　그럼 헐레벌떡은 뭘로 만든 떡인지?

☞ 개고기, 소고기, 닭고기는 알겠는데
　그럼 '불고기'는 어떤 고기인지?

☞ 눈 위를 다니는 뱀은
　'백사'일까요? '설사'일까요?

[출처] 잼있는 냉장고

* 뼈를 고아서 만든 것이 설렁탕이고 고기로 국물을 내는 것
　곰탕이라고 함.

| 4탄 |

☞ 다마내기는 '양파' 인지?
　 '구슬 내기' 인지?

☞ 먹는 물은 '식수' 일까요?
　 '식물' 일까요?

☞ 전쟁을 잘하는 왕이 '워킹' 인가요?
　 걷기왕이 '워킹' 인가요?

☞ 공이 네 개이면 '공포' 인가요?
　 '볼넷' 인가요?

☞ 왕이 여왕이면
　 왕의 남편은 왜 왕서방인지?

☞ 내 차는 셀카일까요?
　 마이카일까요?

☞ 물이 셀프일까요?
　 셀프가 물일까요?

☞ 가수들은 라이터를 좋아할까요?
　 '성냥(성량)'을 좋아할까요?

☞ 성씨 중에는 엠씨는 없는데
　 왜 방송국에는 엠씨(MC)가 많은지?

[출처] 잼있는 냉장고

135

☞ 전두환 전 대통령을 '전통'이라고
   부르던데 그럼 밥통, 술통, 물통,
   숨통은 누구인지?

☞ 분당선인 오리역에서 오리발 열차가
   방금 출발했다는 안내방송이 나왔다고
   하는데 믿어야 할지?

☞ 20대 총선에서 홍준표가 '양산을' 컷오프
   했는데 왜 난리인지?
   '홍준표 양산'을 누가 훔쳐갔는지?

☞ 문재인 대통령까지 나서서 '사재기 없는
   나라는 국민 덕분'이라는데
   그럼 '사재기' 님은 어느 나라로 이민을
   가야 하나요?

☞ 부자만 부자인가요? 그래서 이건희와
   이재용이 부자인가요?
   그럼 '김부자'는 누구인가요?

☞ 웃기는 놈이 많은 곳은
   '방송국'일까? '국회'일까?

☞ '이하동문'은 이하초, 이하중,

이하고등학교 동창생들을 말하는 건지?

☞ 귀신 잡는 해병이라는데 그럼 해병은
   귀신을 몇 명이나 잡았는지?

[출처] 잼있는 냉장고

문제
1~6

마녀는 있을까요? 없을까요?

① 있다.
② 없다.

정답은? 있다.

해설
토끼가 있으니까 토끼사냥을 하듯이
인터넷에서 누구나 마녀사냥을 하니까

[출처] 잼있는 냉장고

우리나라 성씨는
〈2000년 인구주택총조사〉에
의하면 286개라고 합니다.

다음은 성씨를 3개씩 묶었는데
없는 성씨가 포함된 것은?

① 양.배.추 포.장.해
② 비.풍.초 피.두.장
③ 요.노.미 날.강.도
④ 당.신.이 설.마.개
⑤ 개.고.기 환.장.해

다음 중 틀린 것을 고르세요

① 쥐가 네 마리면 쥐포
② 공이 네 개면 공포
③ 차가 네 대면 차포
④ 새가 네 마리면 새포
⑤ 소가 네 마리면 소포
⑥ 배가 네 개면 배포
⑦ 로켓이 네 개면 로켓포

정답은? ④

(세포는 있는데) 또는 정답 없음(우기면 다 맞음)

[출처] 잼있는 냉장고

다음 중 우리나라 산 이름이 아닌 것은?

① 연인들이 좋아하는 산은? 수락산
② 가장 싼 산은? 백원산
③ 소리가 나지 않는 산은? 용각산
④ 처녀들이 가기 싫어하는 산은? 수태산
⑤ 고스톱을 치기 위해 가는 산은? 가리산
⑥ 호구들이 즐겨 찾는 산은? 호구산

정답은? 없음(다 있음)

※ 수락산(서울 노원구), 백원산(상주시), 용각산(청도군),
수태산(고성군), 가리산(홍천군), 호구산(남해군)에 있음

[출처] 잼있는 냉장고

문제5

김주사가 중고 자전거를
오만 원에 샀다. 사장님은 타이어
펑크도 때우고 손잡이 등 녹이 슨 곳도
칠해야 한다고 하면서,

"빵꾸는 2개에 2천 원이고
페인트 칠은 칠만 오천 원이라"고 했다.

김주사는 어이가 없어 할 말을 잃고는
"중고 자전거를 오만 원에 샀는데 수리비가
칠만 오천 원이 말이 되냐"고 따지자
주인은
"칠만 오천 이하로는 안 된다"고 하면서
"사려면 사고 말려면 사라고"고 했다.

김주사는 할 수 없이 수리를 했다.
수리비는 총 얼마가 들었을까요?

정답은? 7,000원 (빵꾸 2000원 + 칠 5000원)

[출처] 잼있는 냉장고

불만 있으면 어떻게 해야 되는지?

① 불을 꺼줘야 한다.
② 불만 없게 해줘야 한다.
③ 담배를 줘야 한다.
④ 119에 신고한다.

제5장

웃기는 학교들

초등학교

☞ **야동초등학교**(충주시 소태면 야동리)

※ 개명 무산 (학부모 반대, '풀무가 있던 골짜기'
라는 의미)

☞ **백수초등학교**(영광군 백수읍 백수로)

☞ **대변초등학교**(기장군 기장읍 대변리)

※ 55년 만에 개명, 용암초등학교, 용암은 이 지역
대변의 옛 이름

☞ **김제동초등학교**(김제시 중앙13길)

☞ **영창초등학교**(함평군 학교면)

☞ **야음초등학교**(울산 남구 야음동)

☞ **우산초등학교**(원주시, 창원시 등)

☞ **양산초등학교**(충북 영동군 양산면)

☞ **청소초등학교**(충남 보령시 청소면)

[출처] 잼있는 냉장고

중학교

☞ 학생들이 제일 좋아하는 중학교는?　　　방학중

☞ 학생들이 제일 싫어하는 중학교는?　　　동원중

☞ 학생과 선생님이 싸우는 중학교는?　　　대치중

☞ 맨날 뜯었다 고쳤다 하는 중학교는?　　　수리중

☞ 맨날 어디론가 쏘다니는 중학교는?　　　이동중

☞ 학생들에게 운동만 시키는 중학교는?　　운동중

☞ 맨날 예배만 보게 하는 중학교는?　　　미사중

☞ 한국, 일본, 중국 학생들만 있는 중학교는?

　　　　　　　　　　　　　　　　　　한일중

☞ 오늘만 오늘만 하는 중학교는?　　　　금일중

☞ 기타 잼난 이름을 갖고 있는 중학교는?

　　　　　- 수영중, 주례중, 작전중. 복원중, 청산중,
　　　　　　안내중, 반송중, 나산중 등

고등학교

☞ 어쩔 수 없는 고등학교는?　　　　　　천상고

☞ 정이 넘치는 고등학교는?　　　　　　　정주고

☞ 진짜 명문 고등학교는?　　　　　　　　명문고

☞ 아랍인들이 다니는 고등학교는?　　　중동고

☞ 절반만 여자인 고등학교는?　　　　　반여고

☞ 함 파는 방법을 가르쳐 주는 고등학교는?

　　　　　　　　　　　　　　　　　　함지고

☞ 사재기하는 방법을 가르쳐 주는 고등학교는?

　　　　　　　　　　　　　　　　　　다사고

☞ 늑대(이리)를 숭상하는 고등학교는?　이리고

☞ 여고인지 남고인지 헷갈리는 고등학교는?

　　　　　　　　　　　　　　　　　　여남고

☞ 기타 잼난 이름의 고등학교는?

-남창고. 두루고. 양주고, 남주고, 야로고, 삼가고, 여산고, 임자고 등

※ '빙신고등학교'는 '방산고등학교'를 어떤 놈
　이 포토샵으로 장난을 친 듯~

특수 명문고

| 구버전 |

☞ 바둑 명문고등학교는?   알파고

☞ 댄서 육성 전문학교는?   흔들고

☞ 방위산업 고등학교는?   무기고

☞ 그림을 그리는 학교는?   그리고

☞ 찢어지면 수습을 해주는 학교는?   반창고

☞ 다녀봐야 아무 소용없는 학교는?   헛수고

| 신버전 |

☞ 미스들만 다니는 명문고등학교는?   미스고

☞ 요즘 유행하는 슬로시티에 있는 고교는?   느리고

☞ 느리고 옆 동네에서 세운 학교는?   더디고

☞ 가전제품을 만드는 기술고등학교는?   냉장고

☞ 고스톱을 가르치는 학교는?   쓰리고

[출처] 잼있는 냉장고

대학교

| 진짜 대학들 |

☞ 보일러를 만드는 대학?   경동대

☞ 경운기를 만드는 공과대학?   경운대

☞ 구두를 만드는 공과대학?   금강대

☞ 한복을 만드는 대학?   한복대

☞ 학생이 3명인 대학?   세명대

☞ 조선사람들만 다니는 대학?   조선대

☞ 칼빈 소총을 만드는 공과 대학? 칼빈대

☞ 누구도 졸업할 수 없는 대학? 종신대

☞ 수업을 대신 들어도 뭐라 하지 않는 대학?

              대신대

☞ 나이가 많은 사람들만 다니는 대학? 연세대

☞ 아주 잘생긴 남자들만 다니는 대학? 호남대

| 대학도 아닌 대학들 |

☞ 참여만 잘하면 학위를 주는 대학은?　　참여연대

☞ 선거 때만 되면 잘나가는 대학은?　　선거연대

☞ 학수가 나온 대학은?　　고대(학수고대)

☞ 태평이가 나온 대학은?　　성대(태평성대)

☞ 담배를 연구하는 대학은?　　한대(담배한대)

☞ 김주사가 처음 들어간 대학은?　　첨성대

☞ 가장 들어가기 힘든 대학은?　　청와대

☞ CCTV를 집중 연구하는 대학은?　　사각지대

☞ 한전에 취업 시 우대하는 대학은?　　전봇대

☞ 들어오지 말라고 하는 대학은?　　문전박대

☞ 동물에 대해 제대로 배우는 대학?　　동물학대

☞ 식품영양학과로 유명한 대학은?　　순대

☞ 헌병을 주서서 재활용하는 방법을
　 연구하는 대학은?　　헌병대

☞ 댓글을 전문적으로 쓰는 방법을
　 배우는 대학은?　　댓글부대

[출처] 잼있는 냉장고

151

제6장

넌센스 퀴즈

외국나라들

| 구버전 |

☞ 바느질 제일 잘하는 나라는?　　　　가봉

☞ 인구가 가장 적은 나라는?　　　　오만

☞ 차도가 없는 나라는?　　　　인도

☞ 술을 가장 좋아하는 나라는?　　　　호주

☞ 유독 다섯 살짜리 아이들만 없는 나라는?

　　　　오세아니아

☞ 세계에서 굶는 사람이 제일 많은 나라는?

　　　　헝가리

☞ 세계에서 코 큰 사람들이 많은 나라는?

　　　　멕시코

☞ 국민들이 가장 꾀가 많은 나라는?　　　　수단

☞ 소들이 우르르 몰려다니는 나라는?　　　　우간다

[출처] 잼있는 냉장고

154

| 신버전 |

☞ 자기들도 코가 크다고 우긴 나라들은?

체코, 모나코, 모로코

☞ 말을 아주 잘 타는 나라는?　　　　　　말타

☞ 앞으로 나올 새로운 자동차들은?

자메이카, 도미니카, 스리랑카, 아프리카

☞ 맞춤 양복으로 유명한 나라는?　　　　가봉

☞ 가스로 유명한 나라는?　　　　　　　부탄

☞ 잘못하면 결국은 내가 했다고
실토하게 하는 나라는?　　　　　　그레나다

☞ 시건방을 떠는 나라는?　　　　　　　오만

☞ 노루들이 다니는 길이 있는 나라는?　노르웨이

☞ 사재기로 유명한 나라는?　　　　　　사모아

☞ 어려운 문제를 잘 해결하는 나라는?　솔로몬

☞ 고장 난 남자들이 많은 나라는?　　　수리남

☞ 미국을 가장 싫어하는 나라는?　　　미얀마

☞ 국민 대다수가 알바로 먹고사는 나라는?

알바니아

☞ 아이들 옷을 만드는 유명한 나라는?　아이티

[출처] 잼있는 냉장고

사자성어

| 구버전 |

☞ **이심전심이란?**

이순자가 심심하면 전두환도 심심하다.

☞ **절세미녀란?**

절에 세 들어 사는 미친 여자

☞ **죽마고우란?**

죽치고 마주 앉아 고스톱을 치는 친구

| 신버전 |

☞ **주경야독?**

주간에는 경자년하고 놀고
야간에는 독수공방한다.

☞ **매점매석?**

매점(점빵)에서 돌을 사고파는 것

[출처] 잼있는 냉장고

동물

☞ 개 중에 가장 아름다운 개는?　　　　　　무지개

☞ 진짜 새의 이름은 무엇일까요?　　　　　　참새

☞ 제일 비싼 새는?　　　　　　　　　　　　백조

☞ 소는 어떻게 웃는지?　　　　　　　　　우하하!

☞ 육지에 사는 고래는?　　　　　　　　　술고래

☞ 언제나 말다툼이 있는 곳은?　　　　　　경마장

☞ 새우가 출연한 드라마는?　　　　대하드라마

☞ 가장 학벌이 좋은 물고기는?　　　　　　고등어

☞ 토끼들이 제일 잘하는 것은 무엇일까?

　　　　　　　　　　　　토끼기(도망치기)

☞ 개구리가 낙지를 먹으면 어떻게 될까?　개구락지

[출처] 잼있는 냉장고

157

반대말

☞ 마그마의 반대말은?　　　　　　　　뚫으마

☞ 아메리카의 반대말은?　　　　　　　아메리카노

☞ 경찰서의 반대말은?　　　　　　　　경찰 앉아

☞ 미소의 반대말은?　　　　　　　　　당기소

☞ 창피한 사람의 반대말은?　　　　창 막은 사람

☞ 비의 반대말은?　　　　　　　　　　노비

☞ 부부의 반대말은?　　　　　　　　　노부부

☞ 자살의 반대말은?　　　　　　　　　살자

☞ 판소리의 반대말은?　　　　　　　　산소리

[출처] 인터넷/수정

사람

☞ 하느님이 버스에서 내리면?   신내림

☞ 스님(중)이 버스에서 내리면?   중도하차

☞ 기원전 사람들이 쓰던 화폐는?   BC카드

☞ 가장 알찬 사업은?   알(계란) 장사

☞ 한글을 사랑한다를 세 글자로 하면?   글러브

☞ 사람의 몸무게가 가장 많이 나갈 때는?   철들 때

☞ 못 팔고도 돈 번 사람은?   철물점 주인

☞ 1000만 서울시민 모두가 동시에
    외치면 무슨 말이 될까?   천만의 말씀

☞ 변호사, 판사, 검사 중 누가 가장 큰
    모자를 쓸까?   머리(대가리)가 큰 사람

☞ 남자의 코가 크면 무엇이 클까?   콧구멍

☞ 동양을 영어로 하면 오리엔트, 서양은?   미쓰서

☞ '병든 자여 다 내게로 오라' 이 말은
    누가 했는가?   엿장수

☞ 엄마는 한 명, 아빠는 둘인 아이는?   두부 한 모

[출처] 인터넷/수정

일반

☞ 한쪽이 파여있는 사과는?   파인애플

☞ 구멍이 커야 이기는 경기는?   엿치기

☞ 보내기 싫으면?   가위나 바위를 낸다

☞ 맨날 싸우는 신은?   옥신각신

☞ 금감원보다 높은 곳은?   금감위원

☞ 경기고보다 높은 학교는?   경기상고

☞ 떼돈을 벌려면?   목욕탕을 차린다

☞ 재밌(잼있)는 곳은 어딜까?   냉장고

☞ 많이 맞을수록 좋은 것은?   시험문제

☞ 진짜 문제투성이인 것은?   시험지

☞ 먹고살기 위해 하는 내기?   모내기

☞ 일하다가 지치는 책은?   지침서

☞ 오리를 회로 먹으면?   회오리

☞ 사람을 일으키는 숫자는?   다섯

☞ 구명보트는 9명까지 탈 수 있는데
   그럼 구명 조끼는 몇 명이 입는지?   1명

☞ 세상에서 제일 야한 채소는?   버섯, 고추

☞ 세상에서 가장 긴 영어 단어는?

                   smiles(s와 s사이가 1마일)

☞ 세상에서 가장 많이 팔린 책?   공책

☞ 중학생과 고등학생이 타는 차는?   중고차

☞ 식욕 없는 사람이 가고 싶은 도시?　　구미

☞ 법적으로 바가지요금을 받아도 되는 장사는?
　　바가지 장사

☞ 우리나라에서 도통한 스님이 가장
　　많은 절은?　　통도사

☞ 양말장수가 부자 된 이유는?　양과 말을 나누어 팔아서

☞ 소금장수가 부자 된 이유는?　소와 금을 나누어 팔아서

☞ 신경통 환자들이 가장 싫어하는 악기는?
　　비올라

☞ 흑인들은 검은색을 무슨 색이라고 할까?　　살색

☞ 절대로 울면 안 되는 날은?　　중국집 쉬는 날

☞ 승용차와 10톤 트럭이 부딪쳤는데
　　10톤 트럭이 뒤집어졌다.
　　이러한 현상을 4자로 하면?　　교통사고

☞ 정말 눈코 뜰 새 없이 바쁠 때는?　머리 감을 때

☞ 고추장, 간장, 된장을 만들다 잘못하여
　　버렸다. 무슨 장일까?　　젠장

☞ 창으로 찌르려고 할 때 하는 말은?　　창피해!

☞ 일본이름으로 영자는 에이꼬,
　　명자는 아끼꼬, 그럼 '고자'는?　　우야꼬

☞ 프랑스에 단 두 대밖에 없는 사형 기구는?
　　단두대

[출처] 인터넷/수정

161

제7장

건배사

국가별 건배사

건배는 어디서 유래했을까.
로마시대 상대방이 독을 탔을까 우려해
잔을 부딪침으로써 서로 술이 섞이게 하는
의식에서 출발했다는 설 등이 있다.

동양에서는 '잔(杯)을 깨끗이 비운다(乾)'는
뜻의 '건배'라는 단어를 공통으로 쓰고 있다.

한 국 : 원샷(원한 만큼), 완샷(전부)
중 국 : 간베이
일 본 : 간파이
독 일 : 프로스트(prost)
이탈리아 : 살루테(salute)
프랑스 : 아 보트르 상테(Yvotre sant)

.

[출처] 인터넷/수정

회식 때

~~~~~~

☞ 119   한 가지 술로 1차 하고 9시까지 집에 가자.

☞ 112   한 가지 술로 1차 하고 새벽 2시까지 집에 가자.

☞ 114   한 가지 술로 1차 하고 새벽 4시까지 집에 가자.

☞ 120   2차는 다산콜센터 120에 전화해서 물어보고
                          집에 가자.

[출처] 인터넷/수정

분위기 띄울 때

☞ 알콜이지

"인생 뭐 있어!"

"알~콜~이~지"(리듬을 타야 함)

☞ 거시기

거절하지 말고 시키는 대로 기쁘게

"거시기~~"(3창)

☞ 노틀카

놓지도 말고, 트림도 하지 말고,

(다 마신 후) 카 하지도 말고

"노틀카~~"

☞ 정이요

(소주를 가리키고)이게 소주입니까?

아니요(합창)

(맥주를 가리키고)이건 맥주입니까?

아니요(합창)

(맥주를 가리키고)그럼 이게 뭡니까?

"정이요(합창)"

[출처] 인터넷/수정

유명인

☞ 마돈나

마셔 돈은 나가 낼게!

"마돈나~~"(3창)

☞ 오바마

오빠가 바래다줄게 마셔!

"오바마~~"(3창)

☞ 변사또

변함없는 사랑으로 또 만나자!

"변사또~~"(3창)

[출처] 인터넷

송년회

☞ 상한가

상심 말고, 한탄 말고, 가슴 펴자!

☞ 나이야 가라!

'나이는 숫자에 불과하다'는 뜻
"나이야!" "가라!"

☞ 경자년(2020년 해)

우리 모두 "경자년" 하면~ "잘가요!"

☞ 당신 멋져부러

당당하게 살자~ 신나게 살자~
멋지게 살자~ 져주며 살자~
"당신~~" "멋져부러~!"

외국어

☞ 불어

"마송~ 드송~"

☞ 영어

"어멍이요~~ 완샷!"

☞ 영어

"씨유 어게인"
"다시 만나자 씨유~~"그러면
"어게인!"(합창)

☞ 중국어

"소취하 당취평"
소주에 취하면 하루가 즐겁고,
당신에 취하면 평생이 즐겁다.

☞ 북한어

"간나세끼 들라"

[출처] 인터넷/수정

제8장

우낀
외국어

알쏭달쏭을 외국어로 하면?

☞ 중국어 :　　　　　　　가우뚱('뚱'을 강하게)

☞ 일본어 :　　　　　　　　　　아리까리

☞ 독일어 :　　　　　　애매모호('모'를 강하게)

☞ 프랑스어 :　　　　　　　아리송(콧소리로)

☞ 아프리카어 :　　　　　　긴가민가(긴가밍가)

[출처] 잼있는 냉장고

콩글리쉬

☞ May l help you.　　　　　나는 매우 헤퍼유.

☞ I not see you? Why not see you?

　　　　　　　　　　아이 낫 시 유? 왜 낫 시유?

☞ Not go see for not see you.

　　　　　　　　　　낳고 싶어 낫시유.

☞ Where are you going? Tiger.

　　　　　　　　　　너 어디 가니? 타, 이거.

☞ I go back hat see you.　　　　내가 고백했시유.

☞ This no are you.　　　　　이거 놓아유.

☞ Money some it shoe?　　　　돈 좀 있시유.

☞ They meet chair see you.

　　　　　　　　　　그들은 미쳤시유.

[출처] 인터넷

중국어

'형(님)'의 중국어는? '따거'라고 합니다.

| 성씨를 부를 때 |

☞ '이 형'이라고 부를 때는? 이따거

☞ '손 형'이라고 부를 때는? 손따거

☞ '신 형'이라고 부를 때는? 신따거

☞ '방 형'이라고 부를 때는? 방따거

☞ '목 형'이라고 부를 때는? 목따거

☞ '차 형'이라고 부를 때는? 차따거

☞ '창 형'이라고 부를 때는? 창따거

☞ '변 형'이라고 부를 때는? 변따거

☞ '조 형'이라고 부를 때는? 조따거

☞ '안 형'이라고 부를 때는? 안따거

| 예시 |

밥 먹었니? 식사 하셨나요?

→ 你吃饭了吗？니 츠팔로마?

☞ '이 형' 식사하셨나요?　　　→ 이따거 츠팔로마?

☞ '안 형' 식사하셨나요?　　　→ 안따거 츠팔로마?

| 힘내라 |

'짜요'는 중국어로 '힘내라'라는 뜻입니다.

☞ 짜요(加油)의 반대말   안짜요

☞ 모두 힘내라는?   다짜요

☞ 졸라 힘내라는?   졸라짜요

일본어

'자리'를 일본어로 '세끼(席せき)' 라고 하는 등 한국어 표현으로 잼난 일본어가 있다.

☞ 자리가 10개 있는 경우는?　　　　십세끼

☞ 저 자리는?　　　　저세끼

☞ 이 자리는?　　　　이세끼

☞ 결석은?　　　　겟세끼

☞ 그 남자는?　　　　카레

☞ 욕가따?　　　　좋았다. 다행이었다

☞ 일본에 있는 유명한 소는?　　　　사이소

☞ 일본에서 가장 유명한 엄마는?　　　　에미나이

☞ '잠시만'은?　　　　좆도맞대

[출처] 잼있는 냉장고

제9장

재미있는
이름들

시·군·구

☞ 택시가 가장 많은 지자체는?　　　　평택시

☞ 100세 시대에 인기가 많은 지자체는?

장수군, 고령군

☞ 마라톤과 가장 관련이 많은 지자체는?

완주군, 경주시

☞ 외계인이 가장 많이 사는 지자체는?

화성시

☞ 사계절 가장 추운 지자체는?　　부산 영도구

☞ 술로 유명한 지자체는?　　　양주시, 청주시

☞ 우산보다는 양산으로 유명한 지자체는?

양산시

☞ 동이 가장 많은 지자체는?

무주군(무주구천동이 있으니까)

☞ 산이 하나도 없는 지자체는?

무주군(무주공산이니까)

[출처] 잼있는 냉장고

마을 '리'의 진실은?

☞ 하품리 → 명품리 (2013년)

　　　경기 여주시 산북면에는 상품(上品)리와 하품(下品)리가 있었음

☞ 죽2리 (죽이리) → 월평리 (2006년)

　　충북 증평군 증평읍 죽리는 행정구역상 '죽1리'와 '죽2리'가 있었음

☞ 죽원리 → 대원리 (2000년)

　　　　　　　　　　　　　경기도 파주시 조리면(현재 조리읍)
　　　　　　　　　　　　　'죽원리'는 '죽었니'로 읽혀 개명

☞ 대가리

　　　　　　　　　　　전북 순창군 풍산면 '대가(大佳)리'는
　　　　　　　　　　　크게(大) 아름답다(佳)는 의미

☞ 야동리, 야동동, 대변리

　　　　　　　　　　야동리(충주 소태면 '야동(冶洞)리')
　　　　　　　　　　야동동(경기도 파주시) - 대장간 야(冶)에
　　　　　　　　　　고을 동(洞)으로 대장간이 있는 마을
　　　　　　　　　　대변리(부산 기장군) - 대변항이 있어 고수

☞ **연탄(連灘)리** (충북 증평군)

'연탄(連灘)리'-여울(灘)이
이어지는(連) 마을이라는 뜻

☞ **고사리** (강원도 삼척시 도계읍)

고사리가 많이 난다고 함

☞ **자지리** (강원 삼척시 교동)

양강도 김정숙군 송지리 옛이름 자지리(紫芝里)

☞ **고도리** (전남 해남군)

☞ **생리**(Saeng-ri) – 생리교차로가 있음

☞ **후지리** (전라북도 정읍시 영원면)

☞ **구라리** (대구 달성군, 경북 청도군)

[출처] 잼있는 냉장고

마을 이름들

☞ **고참마을** (전남 영광군 군서면)

☞ **구라마을** (경남 함양군, 전북 완주군)

☞ **소주마을** (경남 양산시 소주동)

☞ **방구마을** (광주광역시 서구 화정동)

☞ **방광마을** (전남 구례군 광의면)

☞ **샛골마을** (세종시, 발음이 좀~~)

☞ **사탄마을** (전북 무주군 안성면)

☞ **유령마을** (이정표는 있음)

☞ **극락마을** (경북 예천)

☞ **아바이마을** (속초)

☞ **망치마을** (거제도)

☞ **조진마을** (경남 하동군 고전면)

☞ **낭떨어지마을** (황해남도 벽성군)

☞ **대머리마을** (충북 청주시 용암동)

[출처] 잼있는 냉장고

섬 이름들

우리나라 섬은 3300여 개라는데
재미있는 섬 이름들이 정말 많네요.

☞ 뱀이 많이 나오는 섬은?	뱀섬
☞ 개가 많은 섬은?	개도
☞ 낚시꾼들이 좋아하는 섬은?	붕어섬
☞ 조개가 많이 나오는 섬은?	조개섬
☞ 할머니들만 있는 섬은?	할미섬, 할멈섬
☞ 동그랗게 생긴 섬은?	동그랑섬
☞ 노름하면 절대로 안 되는 섬은?	쪽박섬

☞ 항상 불이 꺼져 있는 섬은? 소등도

☞ 기타 재미있는 섬은?

－하녀섬, 치마섬, 팔자섬, 깨진섬, 선배섬,
－방구섬, 임자도, 무녀도, 여자도, 사랑도
－외도, 생일도, 문도(항문도), 만지도

※ 똥섬(전북. 전남. 충남 등)

※ 자지도(전남 완도군) 항문도→자지도→당사도로 바뀜

※ 여자만(전남 여수시 화정면 여자리)

※ **대변항** (부산 기장군 기장읍 대변리)

※ **외국섬** (보라보라섬, 애로만가섬)

절 이름들

여러분들은 절에 가면 뭐 하세요?

저는 절하는데~~

☞ 6급⁽ᵘ⁾ 공무원들이 주로 가는 절은?

용주사(화성), 영주사(논산), 정주사(원주), 법주사(보은)

☞ 물건 등을 판매하는 절은?

내장사(정읍), 남장사(상주), 전등사(강화), 연등사, 백양사(장성)

☞ 좀 거시기한 절은?

조계사, 월경사, 관음사(청주), 불정사

보현정사(목포), 보은정사, 해운정사

☞ 무술을 가르치는 절은?

소림사(부천), 부산소림사

☞ 이것도 진짜 절?

우리절(곤지암), 귀신사(김제), 망해사(김제)

[출처] 잼있는 냉장고

사이비 절

☞ 노래를 부르는 절은?　　　　　　　　　　송학사

☞ 공부하는 절은?　　　　　　　학사, 국사, 역사

☞ 부적을 파는 절은?　　　　　　　　　　부적절

☞ 기독교 신자들도 좋아하는 절은?　　　만우절

☞ 절도 아닌 절은?

　　　　　　반나절, 구구절절, 안절부절, 우여곡절

☞ 자격이 있어야 가는 절은?

　　　　　　기술사, 건축사, 운전기사

☞ 무엇인가를 사고파는 절은?

　　　　　　장사, 밥사, 술사, 안사

☞ 한때 송대관이 다녔다고 전해지는 절은?　대관절

☞ 춘하추동 1년 내내 불공을 드리는 절은?　사계절

☞ 죽은 스님도 다시 살아난다는 절은?　　부활절

☞ 갸우뚱하게 하는 신비스런 절은?　　　어리둥절

[출처] 잼있는 냉장고

전통시장 이름들

전국의 전통시장은 2020년 1월 16일
전통시장 통통 홈페이지 기준으로
1,829개인 것으로 파악되었다.
이 중에는 정말 재미있는 이름을
가진 전통시장도 꽤 있었다.

☞ 신혼부부들이 자주 가는 시장은?

신부시장, 서방시장

☞ 가면 왠지 좋을 것 같은 시장은?

온천시장, 불로시장, 용궁시장

☞ 동물들을 파는 시장은?

도깨비시장, 코끼리시장, 공룡시장, 펭귄시장, 거북시장

☞ 김주사가 자주 이용하는 시장은?

인동시장(작가 이름)

☞ 아무것도 없는 시장은? 깡통시장

☞ 좀 거시기한 시장은? 사창장, 야음시장, 야로시장

☞ 이것도 시장? 사러가시장, 오시게시장, 전통시장

※ 여의도 국회의사당 옆에 있는 전통시장은?

아수라장

[출처] 인터넷/수정

서울에는 시장이 촘 몇 개?

박원순 서울시장이 전통시장을
살리기 위해 동대문구에 있는 '깡통시장'을
방문하게 되었다. 박 시장은 여기저기
둘러보면서 모여있는 상인들에게

"서울에 있는 시장이 몇 개인지
아시는 분 계세요?"라고 물었다.
그러자 상인 한 분이 "200개요"
또 한 분은 "500개요"라고 했다.

박 시장은 "총 308개"라고 했다.
이 말을 듣고 있던 김주사가 갑자기
"308개가 아니고 310개입니다"라고 했다.
그러자 박 시장은 몹시 당황했고
주변 상인들도 깜짝 놀랐다.

그래서 박원순 시장이
"어째서 310개이죠?"라고 다시 물었다.
그러자 김주사가 하는 말
"서울시장과 박원순 시장이 더 있어서요."

[출처] 잼있는 냉장고

새로 나온 유사상품 이름들

☞ 주로 50대들이 즐겨먹는 라면은?   쉰라면(신라면)

☞ 조폭 두목이 주로 먹는 커피는?   보스(BOSS)

☞ 임신부들이 절대로 먹으면 안 되는 요리는? 유산슬

☞ 먹기만 하면 울게 되는 요리는?   울면

☞ 외국인들이 절대로 먹지 않는 한국 요리는?

할머니 뼈다구 감자탕

☞ 한국에는 인신매매를 버젓이 하는

가게도 있다는데 그 가게 이름은?   모자판매점

[출처] 잼있는 냉장고

간판 이름들

| 1탄 |

☞ 애견 센터 : 개판 오분전

☞ 미용실 : 버르장머리, 까글래짜를래

☞ 한의원 : 수상한 의원 (수상 한의원)

☞ 산부인과 : 양성기산부인과

☞ 치과 : 이편한치과 또는 e-편한치과

☞ 당구장 : 곧 망할 당구장

☞ 스키 대여점 : 이노무스키

☞ 비디오방 : 잠자지 마

☞ 노래방 : 꼴값노래방

☞ 여관 : 여기서 자자

☞ 호프집 : 잔 비어쓰

☞ 술집 이름 : sul.zip

☞ 중국집 : 진짜루

☞ 칼국수집 : 대통령이 다녀갈 집

☞ 조개구이집 : 조개들의 수다

[출처] 인터넷/수정

| 2탄 |

☞ 치킨집 : 꼴까닭

☞ 양념치킨 집 : 위풍닭닭

☞ 치킨호프집 : 쏙닭쏙닭

☞ 부대찌개 : 월남스키부대찌개

☞ 뷔페 이름 : 부정부폐

☞ 삼겹살 : 돈의보감

☞ 돼지갈비집 : 돈내고 돈먹기

☞ 떡가게 이름 : 복떡방

☞ 떡볶이 집 : 묵고 갈래 싸 갈래

☞ 김밥집 : 머글래싸갈래

☞ 면집 : 면사무소

☞ 치킨호프 : 아디닭스(adidaks)

☞ pasta : 이태리 면 사무소

☞ 숙녀화(운동화 잠실점) : 꼬랑내

☞ 떡볶이(즉석튀김전문) : 떡도날드

☞ 지물포집 : 왕자지 물포

| 3탄 |

☞ 면종류
  – 면사무소(중국집), 문배동 면사무소(국수집)
  – 웃기는짬뽕

☞ 미용실
  – 버르장머리, 머리잘헤어

☞ 돼지고기, 치킨(닭), 소, 오리 등
  – 맛있으면돼지, 돈먹고돈먹기,
  – 오늘은너로정했닭, 계탄언니, 치킨땡긴닭
  – 웃고있소, , 웃찾소
  – 다시또오리

☞ 그냥웃낌
  – 육값하네(고기집)
  – 뺑쟁이네(제주돼지고기전문점)
  – 어쩌라고(맥주,호프)
  – 배떼기(곱창)
  – 돼지3끼
  – 이런된장(한식)
  – 여기가니집안방(요리주점)
  – 놈놈놈(싱싱한놈, 얼큰한놈, 퍼주는놈)

※ 재치있는 이름이 발걸음을 멈추게 하네요. 대박나세요!!

[출처] 잼있는 냉장고

| 돼지고기, 치킨(닭), 소, 오리 등

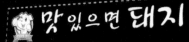

맛있으면 돼지

돈 먹고 돈 먹기

— 걱정말아요 다 잘 될꺼에요 —

오늘은 너로정했닭

TAKE
OUT

계탄언니

치킨땡긴닭

웃고있소
소갈비살 9,900원

웃찾소 6F

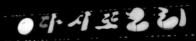

다시또요리

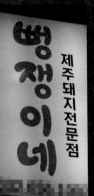

돼지3끼

SOUS VIDE AGING

이런
된장

SINCE 1987

여기가 니집안방 ?!

놈 얼큰한 놈 괴주는 놈

| 4탄 |

☞ 전집
  - 홍길동전
  - 6회.전
  - 참새방앗간

☞ 포차, 주점 등
  - 일단부어, 다뭉쳐봐!, 짱구야 학교가자,
    공사중
  - 이차가자, 낭만옵빠, ㅋㅋㅋ

☞ 횟집, 생선구이 등
  - 먹고갈래? 싸갈래?
  - 와사비(와서 드셔도, 사서 드셔도, 비싸지 않아요^^)
  - 여자만(장어구이)
  - 술고래

☞ 방송 프로그램
  - 1박2일(포차)
  - 무한도전(전집)
  - 풍문으로 들었소 막여사(술집)

☞ 인터넷 등 IT관련
  – 골뱅이다.com,
  – 바코드(cafe)

※ 재치있는 이름이 발걸음을 멈추게 하네요. 대박나세요!!

포차, 주점 등

횟집, 생선구이 등

먹고 갈래? 싸 갈래?
회 포장

와 사 비
서 드셔도   서 드셔도   싸지 않아요^^

여자만

원기회복,
피부미용에는
장어가 최고   장어랑   장어구이
(점심식사)   (국 내 산)

고래
각종 해산물,세꼬시,산오징어,포차 안주일절 ☞포장가능

| 5탄 |

☞ 유사상표(puma 등)
- 미용실인 파마(PAMA)
- 당구장인 다마(DAMA)
- 주점 피로회복(박카스 상표)

☞ 반려동물
- 강아지이발소
- 놀러오개

☞ 병원
- e-편한치과
- 속편한내과

☞ 회사 간부님 댁
- 회장님댁(요리주점)
- 과장님댁(생선구이)

☞ 기타
- 빵터진 사진(진짜로 빵터짐)
- 죽어도 못 끊는 담배 진짜로 끊었습니다.
- 새로 나온 파인애플(사과에 파인(홈)을 냄)

– 정의 상실(정의상실)

※ 재치있는 이름이 발걸음을 멈추게 하네요. 대박나세요!!

[출처] 잼있는 냉장고

| 유사상표(puma 등)

회장 넙댁

PRESIDENT HOUSE

피장님댁!

시즌2

제10장

사람 이름과 성씨

다음은 2000년 '인구주택총조사'
중에서 인구수가 많은 286개 성씨와 연관된
것이며 같은 성씨라도 한자가 다를 수 있습니다.

여기서는 다만 웃자고 한글로만 표현한 것이며
고귀한 성씨를 비하하는 것이 절대 아니니
이해해 주셨으면 합니다.

섬씨와 호칭

☞ 고씨가 미스인 경우?   미스고

☞ 진씨가 미스인 경우?   미스진

☞ 고씨가 추장이 되면?   고추장

☞ 조씨가 선장이 되면?   조선장

☞ 구씨가 경찰청 청장이 되면?   구청장

☞ 현씨가 청장이 되면?   현청장

☞ 부씨가 구청장이 되면?   부구청장

☞ 주씨가 차장으로 진급하면?   주차장

☞ 하씨가 차장으로 진급하면?   하차장

☞ 승씨가 차장으로 진급하면?   승차장

☞ 대씨가 국장이 되면?   대국장

☞ 민씨가 방위를 나올 경우는?   민방위

[출처] 잼있는 냉장고

섬씨와 기자

☞ 소기자 – 사이비기자(속이자)

☞ 안기자 – 과잉 애교형

☞ 이기자 – 승부 집착형

☞ 사기자 – 대인관계 원만(사귀자)

☞ 남기자 – 낭비형

☞ 노기자 – 화기애애 분위기 메이커(녹이자)

☞ 우기자 – 막무가내 똥고집형

☞ 반기자 – 친근함

[출처] 인테넷

다음 성씨가 '기자'가 되면?

나기자, 두기자, 한기자, 오기자,

주기자, 방기자, 성기자, 당기자,

구기자, 모기자, 포기자, 남기자

계기자, 연기자, 갈기자, 돈기자,

비기자, 내기자

성씨와 의사, 장수

☞ 다음 성씨가 '의사'가 되면?

하의사, 내의사, 소의사, 개의사,

돈의사, 명의사, 한의사, 수의사, 장의사

☞ 다음 성씨가 '장수'가 되면?

소장수, 개장수, 두장수, 진장수

성씨와 판사

☞ '가'씨가 판사가 되면 가판사(가판)라고 부른다. 다음 성씨가 '판사' 가 되면?

가판, 초판, 재판, 예판, 형판, 호판, 장판, 송판, 좌판, 원판, 상판, 명판, 한판, 두판, 이판, 사판, 오판, 구판, 강판, 주판, 심판, 개판, 비판, 빙판

☞ 책을 낼 때 도움을 받으려면 어느 판사에게 물어보는 것이 좋은지?　　　　　　초판사

☞ 이판사와 사판사가 같이 있으면?　　　이판사판

☞ 계란장사 하면 잘 어울리는 판사는?　한판 두판

☞ 판사가 야구를 하면 안 되는 이유는?

강판당하니까

☞ 계산기를 사용하지 않는 판사는?　　　　　주판

☞ 벼슬과 관련된 판사들은?　　예판, 형판, 호판

☞ 판결을 아주 잘하는 판사?　　　　　　명판사

☞ 장판사가 퇴직 후 하면 대박나는 사업은?

지물포

[출처] 잼있는 냉장고

성씨와 검사, 변호사, 사장, 이사

☞ 다음 성씨가 '검사'가 되면?

장검사, 손검사, 목검사, 피검사, 간검사,
변검사, 뇌검사, 차검사, 방검사, 표검사,
평검사, 판검사

☞ 다음 성씨가 '변호사'가 되면?

변변, 채변, 용변, 소변, 대변, 봉변
하변, 좌변, 우변, 주변, 신변, 강변, 연변

☞ 다음 성씨가 '사장'이 되면?

여사장, 전사장, 지사장, 반사장,
부사장, 공사장

☞ 다음 성씨가 '이사'가 되면?

남이사, 종이사, 오이사, 송이사,
모이사, 아이사

[출처] 잼있는 냉장고

성씨와 수상, 지사, 시장, 서장, 대사

☞ 다음 성씨가 '수상'이 되면?

백수상, 하수상, 원수상, 금수상, 군수상, 반수상,
장수상, 예수상, 가수상, 우수상, 포수상

☞ 다음 성씨가 '지사'가 되면?

주지사, 도지사, 사지사, 반지사

☞ 다음 성씨가 '시장'이 되면?

전시장, 차시장, 어시장, 우시장. 개시장, 야시장

☞ 다음 성씨가 '서장'이 되면?

유서장, 연서장, 원서장, 지서장, 도서장

☞ 다음 성씨가 '대사'가 되면?

영대사, 이대사, 사대사, 오대사, 백대사, 순대사

[출처] 잼있는 냉장고

성씨와 교수, 교장, 제자, 목사, 집사

☞ 다음 성씨가 '교수'가 되면?

정교수, 조교수, 반교수

☞ 다음 성씨가 '교장'이 되면?

난교장, 선교장, 사교장

☞ 다음 성씨가 '제자'가 되면?

이제자, 조제자, 변제자, 인제자,

범제자, 수제자

☞ 다음 성씨가 '목사'가 되면?

고목사, 수목사, 묘목사

☞ 다음 성씨가 교회 '집사'가 되면?

이집사, 저집사, 요집사, 내집사,

지집사, 제집사, 한집사, 두집사,

백집사, 빈집사, 시집사, 개집사,

[출처] 잼있는 냉장고

224

성씨와 6급 공무원

6급 공무원 직급을 '주사',
직위는 '계장'이라고 합니다.
다음 성씨가 '주사'가 되면?

☞ 6급 주사가 되면?

소주사, 양주사, 안주사, 모주사, 곡주사,
금주사, 내주사, 매주사, 자주사, 아주사,
나주사, 평주사, 돈주사, 염주사, 피주사

☞ 6급의 또 다른 호칭은?

육개장(육계장), 조개장(조계장), 양계장,
영계장, 성계장(성계장), 자개장(자계장)

성씨와 무관, 경사(7급), 서기(8급), 사또

☞ 다음 성씨가 '무관'이 되면?

사무관, 경무관

☞ 경찰 7급 상당을 '경사'라고 합니다.
다음 성씨가 '경사'가 되면?

조경사, 안경사, 성경사, 애경사, 순경사

☞ 8급 공무원의 직급을 '서기'라고 합니다.
다음 성씨가 8급이 되면?

피서기, 당서기, 동서기
※'줄씨'는 없네요. '줄서기'인데. ㅋㅋ

☞ 다음 성씨가 '사또'가 되면?

변사또, 신사또, 반사또, 주사또, 어사또

[출처] 잼있는 냉장고

성씨와 소장, 도사, 무사, 기사

☞ 다음 성씨가 '소장'이 되면?

고소장, 공소장, 상소장

☞ 다음 성씨가 '도사'가 되면?

전도사, 추도사, 애도사
양도사, 포도사

☞ 다음 성씨가 '무사'가 되면?

법무사, 조무사, 노무사

☞ 다음 성씨가 '기사'가 되면?

고기사, 장기사, 양기사, 변기사, 공기사
아기사, 애기사, 허기사, 하기사, 백기사

성씨와 공주, 장사, 프로, 방위

☞ 다음 성씨가 '공주'가 되면?

양공주, 나공주, 난공주, 제공주, 돈공주

☞ 다음 성씨가 '장사'가 되면?

이장사, 표장사, 천장사, 소장사, 개장사,
피장사, 감장사, 돈장사,

☞ 다음 성씨가 '프로'가 되면?

영프로, 이프로, 오프로, 구프로,
백프로, 천프로

☞ 다음 성씨가 '방위'가 되면?

동방위, 나방위, 난방위, 전방위, 소방위(6급)

[출처] 잼있는 냉장고

사람이름

| 외국인 이름 |

☞ 일본 최고의 구두쇠 이름? 　　　물아까와 쓰지마,
　　　　　　　　　　　　　　　　갠자히 아끼네

☞ 일본 최고의 부자 이름은? 　　　도느로 미따까

☞ 일본 낚시왕은? 　　　　　　　몬조리다나까

☞ 사막에서 우물 파는 프랑스인? 　　　몽마르샘

☞ 프랑스에서 가장 유명한 거지 이름은? 　더주시앙

☞ 프랑스에서 가장 불효자식 이름은?
　　　　　　　　　　　　　　　　에밀쫄라

☞ 인도에서 요가를 가장 잘하는 사람은?
　　　　　　　　　　　　　　　　꼰다리 또 꽈

☞ 인도에서 가장 멍청한 철학자 이름은?
　　　　　　　　　　　　　　　　알간디 모르간디

☞ 미국에서 늘 바지가 흘러내리는 사람?
　　　　　　　　　　　　　　　　루즈벨트

☞ 미국에서 가장 자전거를 못 타는 사람?
　　　　　　　　　　　　　　　　모타 싸이클

☞ 미국에서 가장 타락한 정치인 이름은?
　　　　　　　　　　　　　　　　다글거머거

☞ 미국 여성거지협회 회장 이름은?

더달란 마리아

☞ 독일의 유명한 첩보원?   게슈타포 기밀캐리

☞ 독일에서 제일의 돌팔이 의사 이름은?

암데나 막발라

☞ 러시아의 막심한 불효자?   에미치네 호로스키

[출처] 인터넷/수정

이름 관련 에피소드

ㅣ전기택 님ㅣ

서울시 퇴직하신 선배 중에
전기택 씨가 있었다.
한창 전기로 가는 '전기택시'가
언론에 보도가 되고 있을 때였다.

한번은 김주사가 전기택 씨와
저녁을 먹으면서 김주사가 하는 말?

"요즘 전기택 씨 인기 죽이던데요.
언론에 자주 나오고."라고 하자

전기택 씨가 놀라면서 하는 말
"몬소리? 언론에 내가 왜 나와.
신종 코로나로 맨날 방콕하고 있는데."
라고 했다. 그러자 김주사가 하는 말

"그게 아니고 '전기~택시' 말이야"
"전기택시" ㅋㅋㅋ

[출처] 잼있는 냉장고

| 정신이 님 |

김주사는 친구 '정신이'와
워크숍을 가기로 되어 있었는데
8시 비행기를 타야 되는데
정신이가 도착을 하지 않았다.
그래서 정신이 집에 전화를 했는데
어머니가 받는 것이었다.

"어머니 저 김주사인데요.
정신이 있어요?"
오늘 제주도로 워크숍 가는데 정신이가
아직 공항에 도착을 안 해서요."

"아 그래.
정신이 조금 전에도 있었는데.
조금 전에 정신이 왔다~ 갔다~ 했는데.
어라! 지금은 정신이 없네~~
정신이 나갔나 봐."라고 했다.

"어머님 진짜 정신이 없다고요?"
"응! 나도 지금 정신이 없어."

[출처] 잼있는 냉장고

제11장

김주사
퀴즈

사람

☞ 대변을 보는 사람을?   대변인

☞ 사이버상에만 사는 사람?   로그인

☞ 카페에서만 사는 사람?   카페인

☞ 심 봉사를 도와주는 사람은 누구?   자원봉사

☞ 성이 이씨인 미스는 미스리(발음)라고
   부르는데 그럼 남자는 어떻게 부르는지?
                                            미스터리(mystery)

☞ 이리(익산) 사람들은 '고향으로 오세요'를
   세자로 하면?   이리온

☞ 의자에 앉으면 처지는 증상은?   의처증

☞ 중이 아파서 병원에 가면 주로
   어디에 있는지?   중환자실

☞ 옛날 임금들도 반찬이 너무 싱거워서
  내시들 몰래 조금씩 타서 먹었다는 것은?

  왕소금

☞ 옛날 내시들이 임금님 몰래 상궁뿐 아니라
  심지어 궁녀들과도 놀아났다는 소문에
  왕이 속아 내시, 상궁, 궁녀를 모조리
  죽였다는 사건은?　　　왕소금사건(왕속음사건)

☞ 한국과 프랑스가 친선으로 축구 시합을
  하기만 하면 마크를 심하게 하는
  프랑스 선수는?　　　　　　　　마크롱

☞ 맨날 졸고 있는 여배우는?　　　안졸리나

☞ 마트에 가서 알을 사 왔는데 그만 차에다
  놓고 집에 들어온 사람 이름은?　　알카에다

☞ 사람이 죽으면 관에 들어가는데,
  그럼 미국 대통령들이 들어가는 관은?

  백악관

☞ 미국에서 길 잃은 어머니들은 주로 어느 도
  시에 가면 찾을 수 있는지?　　　마이애미

☞ 집 나간 마누라는 어디에 숨어 있는지?

은신처

☞ 세계 인구가 약 78억 명이나 되는 건 알죠?
흑인, 백인, 황색인 등 종족이 다양한데
이 중에 흑인은 약 5억 명이라네요.
그럼 백인은 몇 명이나 될까요?

100명(실제는 8억 5000만 명)

☞ 남 몰래 몰기만 해도 벌금을 물든지
아님 감방을 가는 차는?

몰카

☞ 나이가 많은 환자를 뭐라 하는지?

나이롱 환자

☞ 공격과 수비를 잘하는 마누라는?

공수처

☞ 애 있는 사람을 영어로 하면?

에이스

☞ 보석을 좋아하는 사람은?

피고인

☞ 내시들이 왕을 따돌림 하는 것은?

왕따

☞ 소매치기, 딱지치기, 구슬치기, 가지치기,
도망치기, 팽이치기, 당일치기, 짜고치기,
뺑치기, 박치기는 사람이 치는 것인데

유일하게 사람이 치지 않는 것은?

바위치기 (계란으로 치니까)

☞ '한길'과 '외길' 중 어느 길이 더 좋을까요?

'한길'이 더 좋음 (옆에 연예인 '명길'이 있으니까)

☞ 유도코치가 김주사에게 유도를 가르쳐
준다면서 유도 기술에 업어치기가 있는데
업어치기는 업고 치는 거냐고 물었다.
그러자 김주사가 하는 말은? 유도질문

☞ 사업가들은 수익을 내기 위해 어떻게
해야 될까요?

모델을 채용함 (수익모델을 만들어야 하니까)

☞ 구원투수보다 더 연봉이 더 센 투수는?

10원투수

☞ 임꺽(걱)정이 소유하고 있는 산은?

태산 (꺽정이 태산이니까)

☞ 나쁜 공무원들에게 가장 좋은 벌은? 솜방망이

☞ 마누라방(처방)은 주로 어디에 있는지?

약국

☞ 김주사가 제일 잘 추는 춤은?   엉거주춤

☞ 김주사가 공로연수기간에 에세이와
   유머집을 동시에 출판하는 현상은?
                                    보기드문현상

☞ 미스터트롯 결승전에서 진·선·미를 뽑기
   위해 대기실에서 죽치고 기다리다 지쳐서
   영탁이가 "진 빠진다."라고 하자
   정동원이가 한 말은?   '진'에서 빠진다는 거지요.

☞ 회를 좋아하는 사람들이 주로 가는 산은?

                                    자연산

동물

☞ 싸움을 잘하는 매는?　　　　　　　　　　워매

☞ 오리 보고 '저리로 가!'라고 하는 말을 세자
　로 하면?　　　　　　　　　　　　　　가오리

☞ 오리 보고 '이리로 와!'라고 하는 말을 세자
　로 하면?　　　　　　　　　　　　　　오리온

☞ 쥐 네 마리는 쥐포이고 털이 4개면
　포털인데 그럼 파리가 네 마리면?　　사파리

☞ 냄새가 아주 지독한 새 네 마리는?
　　　　　　　　발냄새, 입냄새, 암냄새, 똥냄새

☞ 낮말은 새가 듣고 밤말은 쥐가 듣는다는
　말이 사실일까요?　사실임. (새와 쥐에게 물어봤음)

☞ '쥐가 난다.'는 말 사실일까요?
　　　　　사실임. (이유는 날다람쥐와 박쥐는 나니까)

☞ 중개인은 구체적으로 누구를 말하는지?
　　　　　　　　　　　　　　　　　중, 개, 사람

☞ 개미들은 주로 어디에 많은지?　　　증권가

☞ 쥐구멍에 볕 들 날은 언제일까요?　　해뜰날

☞ 반려동물 말고 반려벼룩을 사려면
　어디로 가야 하나?　　벼룩시장

☞ 노루피, 사슴피, 소피 등 많은 피 중에
　남녀노소 누구나 즐겨 먹는 피는?　　커피

☞ 한우는 살짝 익혀서 먹어야 제맛인데
　이 소는 고온고압으로 만들고 특히나
　이탈리아에서 아주 유명하며 맛이
　고소하고 쓴맛이 나는 소는?　　에스프레소

☞ 이 고기를 먹으면 공부를 아주
　잘하게 된다는 고기 이름은?　　날새기

☞ 문어와 낙지의 손과 다리를 구별하는 방법?

　　대가리를 때리면 올라오는 것이 손임

☞ 피자에 새우는 넣어도 생선 도미는
　넣지 않는 피자는?　　도미노피자

☞ 2010년 남아공 월드컵 때 승리팀을
   맞추는 점쟁이 문어(파울, 독일 출신)가
   유명했죠? 그런데 2020년 일본 올림픽이
   취소될 거라고 예언한 벌레(한국 출신)가
   있다는데 그 벌레 이름은 뭘까요?

                                        무당벌레

☞ 물만 먹고 사는 소는 물소인데
   그럼 기름만 먹고 사는 소는?   주유소

일반

☞ 돌을 가지고 싸우는 것은?　　　　　　　바둑

☞ 텃밭을 보수하면?　　　　　　　보수텃밭

☞ 비밀스런 옷은?　　　　　　　시큐리티

☞ 차를 사려면 어디로 가면 되는지?

　　　　　　　함흥(함흥차사)

☞ 가장 들어가기 힘든 대학이고 졸업하면
　감옥에 많이 가는 대학은?　　　　　청와대

☞ 아주 조금만 나와도 쑤~우~욱 나왔다고
　하는 것은?　　　　　　　쑥

☞ 마지막으로 한마디 하면서 먹는 술은?　최후진술

☞ 비와 눈은 주로 몇 도에서 오는지?

　　　　5도(비가 오도다. 눈이 오도다)

☞ 잘못 쓰면 큰일 나는 아주 위험한 우산?

　　　　　　　핵우산

☞ 방금 싼 똥은 김이 모락모락 난다.
   그럼 엄청 뜨거운 똥은 어떤 똥?   불똥

☞ 눈이나 기억력에 안 좋으니까
   먹으면 안 되는 물은?   가물가물

☞ 소리를 지르는 등 '야유'를 하는 모임?   야유회

☞ '자동차인 것 같다.'를 3자로 하면?   카더라

☞ 우리나라가 3년 전에 보유하게 된 핵이름과
   보유 날짜는?   탄핵 (대통령 탄핵 2017.3.10.)

☞ 가장 늦게 나는 '이'는 어떤 이인지?   틀니

☞ 불은 주로 어디에서 날까요?   강 건너 (불구경)

☞ 떠돌아다니는 문은?   입소문

☞ 새로 나온 아주 놀라운 풀은?   원더풀

☞ 헌병은 주로 어디에 많은지?   군대, 고물상

☞ 인생이 좌우되는 언덕은?   비빌언덕

☞ 아주 비싸게 주고 사는 풍선은?   별풍선

☞ 담배를 끊으면 금연, 술을 끊으면 금주,
   그럼 욕을 끊으면? 　　　　　　　　　　　　금욕

☞ (김)마리가 화가 나면 몰래 먹는 것은?
   　　　　　　　　　　　　　　　　　　　　마리화나

☞ 이마트처럼 아주 스마트한 마트 이름은?
   　　　　　　　　　　　　　　　　　　　스마트

☞ 하루 종일 비가 주룩주룩 내리고 있는데도
   왜? 비가 안 온다고 할까요?
   　　　　　　　　　　　　진짜로 비(가수)가 안 와서

☞ 문 중에는 대문, 창문 등 다양하게 많은데
   문 중에서 오직 나오기만 하는 문은?　　　항문

☞ 태양계에는 요일별로 화성, 수성, 목성,
   금성, 토성이 있는데 그럼 월성은
   어디에 있는지?　　　　　　　　　　　　경주

☞ 우리나라는 절이 13,000개 정도라고
   한다. 그런데 연락이 되는 절은
   몇 개나 될까요?　　　　　　　　2절(연락두절)

☞ 먹을 수 있는 사리는 라면사리, 고사리,

불가사리, 빠가사리 등이 있는데
그럼 먹을 수 없는 사리는?

삑사리

☞ 바다는 지중해, 에게해, 황해, 흑해, 홍해,
송해, 사랑해, 미안해, 멍청해, 그만해 등
정말 많은데 그럼 바다의 왕은?

해킹

☞ 돈내기는 노름판에서,
밀어내기는 화장실에서 하는데
그럼 쳐(처)내기는 주로 어디서 하는지?

나무

☞ 검은 돈을 블랙머니라고 하는데
그럼 검은 상자는?

블랙박스

☞ 우리나라에는 3대 천국이 있다.
김밥천국, 알바천국 나머지 한 개는
어디인지?

문제천국(김주사가 만든 문제 푸는 사이트임)

☞ 한국에 모나미가 있다면
일본에는 어떤 것이 유명한지?

쓰나미

☞ 장작불, 가스불, 연탄불 등 불도 많은데
콩은 어떤 불로 볶아야 가장 빨리
볶아질까요?

번갯불

☞ '다이아몬드를 좋아해'의 원래 뜻은?

다이는 아몬드를 좋아해

☞ 김주사가 전봇대에서 쉬를 보다가
경찰이 접근하자 달아나 버렸다.
왜 그랬을까?

다 쌌으니까

☞ 독일, 프랑스 연합장군을 어떻게 부르는지?

독불장군

☞ 미국에서 소주로 유명한 주는? 아칸소주

☞ 대통령을 성씨 뒤에 통을 붙여
박정희 대통령은 박통, 전두환은 전통
그럼 선생님은 뭐라 부르는지 ?

쌤통

☞ 등 쳐먹기 딱 좋은 사람이라고 말한 사람은 ?

식인종

☞ 개가 다니는 구멍은 개구멍, 쥐가 다니는
구멍은 쥐구멍인데 그럼
사람이 다니는 구멍은?

구멍가게

☞ 단추가 드나드는 구멍은 단춧구멍인데 그럼
바늘이 다니는 구멍은? 바늘구멍(실이 다님)

☞ 전원이 사는 집은 전원주택, 전원쓰는 일기는
전원일기인데 그럼 전원이 안 들어오면
뭐라 하는지?

전기나감(전원이나감)

☞ '군수' 쉽게 되는 방법은?

군수직 9급(군수9급) 시험을 보면 됨

☞ 우리나라 사람보다 러시아인들이 더 좋아하
는 것이 '초코파이'인건 다들 알죠? 그럼 요
즘 남녀노소 할 것 없이 누구나 다 좋아하지
만 먹을 순 없는 '파이'는 무엇일까요?

와이파이

[출처] 잼있는 냉장고

아재개그 자격증(1·2·3급) 취득해 보세요.

☞ 응시자격 : 누구나

☞ 시험보는 곳

: 문제천국 홈페이지(www.mjbank.co.kr)

☞ 시험문항수 : 100문제(주관식, OX, 객관식)

☞ 시험시간 : 100분

☞ 자격취득 점수

급수	점수
1급	90점 이상
2급	71~89점 이하
3급	60~70점 이상

☞ 시험일정 : 2021년 하반기(1회)

☞ 자격증 교부 및 교부방법

① 자격증 교부 : 시험 시행 후 1개월 이내

② 교부방법 : 문제천국 홈페이지 안내

☞ 합격자 혜택

: '잼있는 냉장고' 유머책 1권 무료증정

유머가 하루를 살린다! 와하하하!

권선복 | 도서출판 행복에너지 대표이사

힘들거나 외로울 때 웃음이 우리를 살립니다. 웃음이 없는 현실은 너무 각박하지 않을까요? 삶에는 웃음이 필요합니다. 살짝 입꼬리에 걸쳐지는 미소도 괜찮습니다. 엔도르핀 팡팡 터지는 즐거운 영화나 음악을 감상할 때도 우리는 잠시 현실의 괴로움을 잊을 수 있고 삶에 희망이 있음을 기억하게 됩니다.

여기, 실없는 미소를 짓게 만드는 '웃기는 책'이 있습니다. '그것 참 별거 아닌데 희한하게 웃기네' 하는 말이 나오게 만드는 유머집입니다. 사소한 내용이라서 편안합니다. 기를 쓰고 웃기려는 건 아닌데 피식 하고 실소가 새어나오게 합니다. 살짝 인생이라는 술에 곁들이는 안주 같다고나 할까요? 슴슴하기도 하고 달콤하기도 하고, 몇 점 집어먹기에 딱 알맞은 유머들입니다.

머리 아프거나 힘들고 외로울 때 몇 장 읽어보면 기분이 풀어지게 될 것 같은 그런 유머들, 친한 친구의 다독임 같은 유머들이 매력적입니다. 그래, 딱 이 정도가 좋지. 하는 소리가 나오게 하는 유머들이라고도 할 수 있겠네요. 저자 또한 유쾌하게 살고자 하는 사람이라는 것을 짐작할 수 있습니다.

살짝 허기질 때 열어보는 냉장고처럼, 살짝 심심하고 외로울 때 펼쳐보는 '잼있는 유머집!' 쓱쓱 일상이라는 식빵에 발라 먹으면 맛있게 꿀꺽할 수 있는 유머! 그런 책이 유독 필요한 쌀쌀한 요즘이 아닐까요?

발상의 전환을 요구하는 유머를 배우며 우리의 머리도 한층 업그레이드 됩니다. 유머력을 키우고 싶다면 꼭 필독하길 바라는 본서! 본서를 통해 많은 이들이 삶에 즐거운 양념을 첨가하길 바라는 마음입니다. 결국 웃는 게 남는 것이 인생이라고 말하고 싶습니다.

이 책을 지은 황인동 저자는 1984년 서울시 공무원 시험에 합격하여 서울시청과 서울시 산하 기관에서 약 37년을 근무하였으며 금천구청 국장 직위인 미래발전추진단장 으로 2년여 재직후 퇴직을 기념하여 출판한 책 속에서 스스로를 칭하는 '김주사'는 공직사회 내에서 공무원 개인을 칭하는 대표성을 가진 호칭입니다.

오늘도 으랏차차! 힘차게 살아가는 모든 현대인들에게 활력을 줄 수 있는 유머를 권하면서, 외쳐봅니다! 나는 오늘도 즐겁고 행복합니다~!

마지막으로 크게 한번 웃어봅시다!

와하하하!!

책 『하루 5분, 나를 바꾸는 긍정훈련 - 행복에너지』
는 '긍정훈련' 과정을 통해 삶을 업그레이드하고
행복을 찾아 나설 것을 독자에게 독려한다.
긍정훈련 과정은 [예행연습] [워밍업] [실전]
[강화] [숨고르기] [마무리] 등 총 6단계로 나뉘
어 각 단계별 사례를 바탕으로 독자 스스로가 느끼고
배운 것을 직접 실천할 수 있게 하는 데 그 목적을
두고 있다.
그동안 우리가 숱하게 '긍정하는 방법'에 대해 배워
왔으면서도 정작 삶에 적용시키지 못했던 것은,
머리로만 이해하고 실천으로는 옮기지 않았기 때
문이다. 이제 삶을 행복하고 아름답게 가꿀 긍정과
의 여정, 그 시작을 책과 함께해 보자.

『하루 5분, 나를 바꾸는 긍정훈련 - 행복에너지』